新 潮 文 庫

迷 宮 庭 園

—華術師 宮籠彩人の謎解き—

篠 原 美 季 著

新 潮 社 版

10098

迷宮庭園

LABYRINTH
GARDEN

華術師〈かじゅつし〉
宮籠彩人の
謎解き

立花《たてはな》　真《まこと》

彩人が寄稿する
月刊「花とラビリンス」の
編集者。

朽木《くちき》英子《ふさこ》

鎌倉署の刑事。
ワケあって
花とは縁を切っている。

宮籠《みやこもり》彩人《あやひと》

鎌倉にある
「花の迷宮」に住む佳人。
宮籠家の女だけに
受け継がれるはずの、
花の精と意思疎通できる
能力を持つ華術師の末裔。

八千代《やちよ》

先代からの宮籠家執事。
彩人の身の回りの
世話をする。

正史を語るうえで、その存在が確認されたことはないが、
日本には、古来、
花の精と意思疎通できる能力を持ち、
花による神事を司《つかさど》る者たちがいた。
彼らのことを、一部の人々は、ひそかに「華術師《かじゅつし》」と呼んでいたという。

序章

その時までは、すべてが光り輝いていた。

水面《みなも》に反射する陽光と若者たちの笑い声。

瑞々《みずみず》しい肢体に色とりどりの水着をまとい、ある一団は、スピーカーから流れる音楽に合わせてアイドルグループを真似《まね》たダンスを踊る。

そのそばでは、勢い余って、冷たい湖に飛び込む者もいた。

ざぶん、と。

人が落ちるたび、はねあがる水しぶき。

飛び交う歓声。

そこに、秩序は存在しない。

底知れない混沌《こんとん》と果てることのない騒乱。

桟橋に照りつける夏の太陽が、青春を謳歌《おうか》する若者たちから、常識や判断力を奪っていく。

東京都の大学生が、サークル仲間とやってきた夏合宿。

もちろん、「合宿」とは名ばかりの、バカ騒ぎのための旅行だ。

自由を手にしたものの、まだ社会的責任などとはほど遠い、人生の中でもっとも楽しく、そして、もっとも危うい季節にいる学生たちの集団である。彼らを押しとどめるのは、わずかばかりの良識と、あるかないかわからない常識だけだった。

「おら〜、どんどん、飛び込め！」

「や、ちょっと、押さないでよ」

「うわっ」

ドボン。

「はい、広瀬《ひろせ》沈没〜」

「次は？」

「ダメ！　私、泳げない」

「この子、泳げないんだって」

「ちょっと、押さないでってば」

「泳げないやつは、さがってろよ」

「あ〜、悪い。俺、なんかちょっと調子が……」

言っているそばから手が伸びて、ドンと背中を押される。

バシャーン。

「お〜、室井《むろい》沈没」

「うわっ」

「きゃっ！」

ドボン。

ドボン。

「ほい、二人沈没」

ドボン、ドボン、ドボン。

「三に〜ん」

「ちょっと、やり過ぎ」

「みんな、無事？」

そんな声もあがるが、飛び交う言葉は、ここでは意味をなさない。言葉というのは聞く人がいて、初めて意味をなす。

「止《や》めろ、俺も泳げない」

「知るか」

「飛び込んだ順に、飲み会の席決めよ〜ぜ」

「うそ〜」

「マジか？」

「それ、ずるくない？」

「だから、私、泳げないんだって」

「泳げない女子は、代わりに男子が飛び込め」

「泳げない男子は？」

「女子が飛び込む！」

「いやよ」

声をあげたとたん、背後から押される。

悲鳴をあげながら水中に没した女の子が、湖面から顔を出して叫ぶ。

「誰よ、押したの！」

「じゅんじゅん」

「俺じゃねえよ、愛子《あいこ》だろう」

「私じゃないわよ」

「みゆき、あがれる？」

「あがれるけど、ちょっと、化粧、ヤバくない？」

「あ〜、ヤバイね」

「ねえ、コウちゃんは？」

続々と自力で桟橋にはいあがってくる仲間たちを見まわしながら、一人が言った。

「コウちゃんって、さっき落ちなかったたっけ？」

「コウちゃんって、だれ？」

「室井君でしょう」

「そう。成美《なるみ》の彼氏」

「みゆき、どうしたの？　早くあがっておいでよ」

「あ、うん。でも、そこになにか……」

「おい、誰か、室井のこと、見なかったかって――」

錯綜《さくそう》する話し声。

それでも、彼氏を心配する女子の問いかけを受けた年長の男子が、桟橋にいる他の仲間の注意を引こうと声を大きくした時だ。

「きゃあああああ！」

すぐそばで、悲鳴があがった。

見れば、水からあがり、桟橋の縁に座り込んだ「みゆき」が、少し離れた湖面を指さして凍りついている。

つられたように目をやった彼らの前に、なにかがあった。

湖面に透けて漂う物体。

海藻のようにたなびく黒いものに、肌色をしたものが続く。

それは――。

「うそでしょう……？」

静まり返った桟橋に、その小さなつぶやきがやけに大きく響きわたった。

さらに、喉《のど》の奥から絞り出したような男子の声が続く。

「まさか、あれ、室井か……？」

次の瞬間。

「いやああああああああああああ！」

絹を引き裂くような絶叫が彼らの耳をつんざき、忌《い》まわしい現実が、目の前に突き付けられる。

交錯する悲鳴と怒号。

やがて、聞こえてきた緊急車両のサイレン。

楽しかったはずの青春の一ページが、一転、おぞましい思い出へと変わる。

そんな中、変わらずにあり続けたのは、彼らの頭上でジリジリと照り付ける夏の太陽だけだった。

第一章　花がつむぐ縁

1

世界に名だたる大都市東京の夜景は、宝石箱をひっくり返したように美しい。

林立する高層ビル。

立体交差する道路には、ルビーをちりばめたような真っ赤なテールランプが列を成す。

そんな都会の夜にあって、外資系ホテルの高級フランス料理店では、今、一つのイベントが行われようとしていた。

窓際《まどぎわ》に座る一組のカップルがメインの料理を食べ終わったところで、デザートの代わりにビロード張りの小箱が届けられる。

「あら。なに、これ？」

女性が首をかしげていると、突然、それまで緩やかに流れていたBGMが途絶え、そのタイミングで椅子《いす》から立ちあがった男が、小箱を手に取り、女性のそばにひざまずいて、恭《うやうや》しく差し出した。

「英子《ふさこ》さん。愛しています！　僕と結婚してくれませんか！」

しんと静まり返る店内。

それまでふつうに食事をしていた周囲の人々が、固唾《かたず》を呑《の》んで見守る。

ややあって、目を伏せた女性がためらいがちに答えた。

「――はい」

途端、ホイットニー・ヒューストンの名曲が大音量で流れ出す。

わっと。

周囲が、わいた。

店内にいた人たちが全員立ちあがって若いカップルを取り囲み、拍手しながら、「おめでとう」とか、「やったな」など、親しげに祝福してくれる。

どうやら、客を含め、すべてが男の演出であったらしい。冷やかされた男が、頭をかきながら礼を言う。

店の中は、すっかり、お祝いムードだ。

それは、女性にとって、人生最高の瞬間だったに違いない。

そんな華やかな世界がある一方で、同じ都内でも、どこからうらぶれた侘《わび》しさの漂う場所もある。

たとえば、新宿区歌舞伎町《かぶきちょう》。

細いビルがひしめくスナック街に、その店はあった。

開店直後で人のまばらな店内では、立ち寄った刑事と顔見知りの従業員が、気さくな口調でしゃべっている。

会話の途中、何度かくしゃみをした従業員に、刑事が訊《き》く。

「風邪か？」

「う〜ん。かもしれない。けっこう、お客様から伝染《うつ》されちゃったりするからねえ。私たち、身体《からだ》が資本なのに、困っちゃうわよ。風邪薬、飲んどこっかなあ」

「ああ。このあと、泳ぐんでもなければ、そうしたほうがいい」

刑事の声には、いたわりの色があった。

どうやら、この手の店で働く人間を、気に入っているらしい。傍からみればどん底に見えるような世界でも、そこで、他人様《ひとさま》に迷惑をかけないよう、一所懸命働いている人間がいる。そういう人の底力のようなものが、彼は好きなのだろう。

だが、そんな刑事のいたわりは、からかいの色をもって受け止められる。

「……泳ぐ？」

そのおかしな発想を耳聡《みみざと》く聞きつけた別の従業員が、カウンターの内側から口をはさんだ。

「ヤダ、チイさん。なんで、風邪薬を飲んだあとに、『泳ぐ』なんですかあ？」

「ほんと。それを言うなら、ふつう、車の運転とかよねえ」

　この店では、ほとんどの従業員が語尾を伸ばした話し方をする。なぜかはわからないが、そのほうが親近感をもたれやすいと思っているのかもしれない。

「チイさん」と呼ばれた刑事が、カウンターのほうを見て答えた。

「そうなんだが、泳ぐのも、案外危険なんだってわかってね」

「そうなんですか？」

「ああ」

　うなずいた刑事が、鼻をこすって説明する。

「というのも、俺は、以前、都内でも山のほうの派出所に勤務していたんだが、近くの湖で、合宿に来ていたバカな大学生が仲間内でふざけているうちに、水死者を出したんだよ」

「あら、やだ」

　嫌そうに首をひいた最初の従業員のうしろで、カウンターの向こう側にいる従業員が、コップを磨く手を止めて、真剣な表情になった。

「私、その事件知ってるかも。新聞で読みましたよ。――だけど、亡《な》くなった方、風邪薬を飲んでいたんですか？」

「そう。しかも、ふつうに出まわっているメジャーな風邪薬だったというから、市販薬もバカにできない」

「もしかして、その風邪薬って――」

従業員があげた名前に対し、刑事がうなずいて認める。

「それだよ。まあ、体質にもよるんだろうがね。俺なんか、飲んだところで、さっぱり眠くならねえし」

「ですよねえ」

カウンターの向こうで相槌《あいづち》を打っている従業員に向かい、もう一人の従業員が、「そういえば」と言いながら、振り返って訊いた。

「ユキエちゃんも、その薬が合わないとか、言ってなかった?」

「ユキエ」と呼ばれた従業員が、「合わないというか」と説明する。

「効きすぎて、よく寝ちゃうだけです。おかげで、治りはいいんですけど、お仕事の時は、困るよねえ～」

芸人がやるような身振りをつけて言われた台詞《せりふ》に、その場に小さな笑いが起こる。

それを機に、風邪薬の話は終わり、ほどなく刑事は帰って行った。


明け方。

家に帰ったユキエは、寝る前にスマートフォンを見て、いつもチェックしているツイッターにアクセスした。それは、結婚三年目になる主婦のつぶやきで、最近の悩みは、子どもを作るか否《いな》かにあるようだ。

子どもを持つことをためらっている彼女であるが、周囲からのプレッシャーがあって、それに負けそうになっているという。だが、中途半端《はんぱ》な気持ちで子どもを産んでも、産まれてくる子どもが可哀《かわい》そうだと嘆いていた。

ある意味、誠実な女性なのだろう。

そんな彼女のつぶやきに寄せられたコメントの多くは、すでに子どもを育てている主婦からのもので、ほとんどが応援、ないし、彼女を鼓舞するものだった。

いわく。

『子どもなんて、産んでしまえば、自然と愛情がわくから、よけいな心配なんかしないで産んじゃえばいいのよ』

『抱きしめた瞬間に愛情がわき起こるから、大丈夫』

『まさに、案ずるより産むがやすし』

などなど。

だが、ユキエにしてみれば、それらはみんな、本質をついていない。

だから、ユキエは、コメントしてみた。

『それって、実は、旦那《だんな》さんのことを、愛していないとか？』

それに対し、彼女から返ってきたのは——。

『どうして、そう思うの？』

ユキエは、返した。

『本当に好きな相手の子どもなら、考えるまでもなく産みたくなるものじゃない？』

それからしばらくして、その女性と個人的にメールをやり取りするようになった。

それでわかったのは、彼女には、昔、付き合っていた男性がいたが、事故で亡くなってしまったため、今の相手と結婚したということだ。そして、ユキエとメールをやり取りするうちに、彼女は、自分がまだ、昔の恋人を忘れていないことに気づき始めたようだ。

その事実に対する、焦《あせ》りと絶望。

だが、相手は死んでいるのだし、今さらそんなことを考えたところで、なんの意味があるだろう。

嘆き悲しむ彼女に、ユキエは書いた。

『あのさ。もし、死んだ人間に一度だけ会えるとしたら、貴女《あなた》はどうする？』

一笑に付されるかと思いきや、しばらく間隔を置いて返って来た返事は、存外真面目《まじめ》なものだった。

『もし、本当にそんなことができたら、会って確かめたい』

『なにを？』

『自分が、その人の子どもなら産みたいと思うのかどうか――』

だから、ユキエは書いた。

『それなら、会わせてあげようか？』

これには、さすがの相手もちょっと気分を害したようだ。いつもより、若干冷たい感じの返信がきた。

『そんなこと、できるわけがないでしょう？』

だが、ユキエは、スマートフォンを操作して、次の文章を打ち込んだ。

『できるよ。――私、死者を蘇《よみがえ》らせる方法を知っているから』

2

数か月後。

神奈川県鎌倉市。

夜に降った雨のおかげで空気がしっとりと湿り気を帯び、どこからともなく朝霧が漂うその場所は、あたり一面、緑と花で覆《おお》い尽くされていた。

遅咲きの薔薇《ばら》。

花盛りの紫陽花《あじさい》。

杜若《かきつばた》、蓮華《れんげ》、弟切草《おとぎりそう》。

ウツギ、センダン、ユキノシタ。

枇杷《びわ》に梔子《くちなし》、菩提樹《ぼだいじゅ》等々。

木に咲く花から、フジバカマや待宵草《まつよいぐさ》のような野に咲くものまで、数え上げたらきりがない。しかも、濃淡が重なり合う緑の中に、白や黄色や紫、桃色、オレンジといった花が咲き乱れるさまは、とても自然で作為が無い。この庭は、自然を生かした庭造りをするという英国人の庭園と、どこか相通じるものがあるようだ。

そんな花に埋もれた庭の小路《こみち》を、一人の男が歩いている。

初夏を思わせる清々《すがすが》しい早朝。

男は、時おり立ち止まっては濡《ぬ》れた花を覗《のぞ》き込み、必要と思えば、腰に下げた道具類の中から花鋏《はなばさみ》を選んで取りだし、摘み取った花を籠《かご》の中へと置いていく。

その姿は、実にしなやかだ。

咲き誇る花々の中にあってさほど遜色《そんしょく》のない姿形は、まさに「佳人」と呼ぶに相応《ふさわ》しい。禁欲的《ストイック》に見える端整な相貌《そうぼう》に、ジーンズにダンガリーシャツという至ってシンプルな作業着がよく似合う男の名前は、宮籠彩人《みやこもりあやひと》。

この界隈《かいわい》では、「花の迷宮」として知られる屋敷の住人だ。

その名の通り、鎌倉の代表的なハイキングコースへとのぼっていく途中、稲荷《いなり》神社から見おろせる山裾《やますそ》の敷地に、里山のように雑木を配し、小路を幾重にも巡らせた中心にこの家の家屋はある。そのため、瓦《かわら》の乗った山門式の仰々しい門から中を覗いても、建物を見ることはできない。

見えるのは、築地《ついじ》塀《べい》に鬱蒼《うっそう》と覆いかぶさる柳や樫《かし》などの大木と、訪問者を秘密の花園へと誘《いざな》う、小路だけだ。

もっとも、そこには、四季を通じて花が絶えないよう、様々な植物を織り交ぜて植えてあるため、歩く者の目を楽しませてくれる。また、曲がりくねった道のところどころでは、低く生い茂る花木の向こうに、同じ庭にいる人間の姿を垣間《かいま》見《み》ることができた。

それくらい、小路が蛇行しているのだ。

妖《あや》しいほどに、延々と続く迷宮の道。

しかも、そうやって、色とりどりの花々に誘われるがまま、庭内をそぞろ歩いていると、たまに、この家の住人である彩人ですら、その空間が、此方《こなた》と彼方《かなた》を結ぶ幽玄の道のように思えてくることがあり、そんな時はつい、死の淵《ふち》から還《かえ》って来た人たちが、口をそろえて描写する花畑とは、もしかすると、こんな場所ではなかったかと想像してしまうのだ。

それに、実際、この庭には、なにかがいる。

少なくとも、彩人は、小さい頃からいつも、なにかの気配を感じていた。

だが、残念ながら、彼には、そのなにかを見ることはできない。

今も、山法師の枝に手を伸ばしていた彼のそばを、なにかがスッと通りすぎていった気がしたが、やはりなにも捉《とら》えられないうちに、それは、あっさり気配を消した。

近づいても、決して交わることのない線と線のように、気配はあっても、互いの時空が交わることはない。

それが悔しくて、彩人は、小学生の頃に一度、そのなにかを見ようと、夜通し、庭を歩きまわったことがある。だが、その甲斐《かい》むなしく、彼は、ついぞ、そのなにかの姿を捉えることはなかった。代わりに、蚊に刺された全身が猛烈にかゆくなり、翌日一日、死にそうな目にあったのを覚えている。

見たくても見られない歯がゆさ。

それは、今も昔も変わらず、この迷宮の園に拒絶されているような疎外感《そがいかん》を彼につきつける。宮籠家に生まれながら、いつかは、家を出ていくことを余儀なくされる者の疎外感――。

彼とは逆に、この家に留められる運命にある者たちは、そのなにかを見て、そのもののことを「サユリ」という名で呼んでいた。

なぜ、「サユリ」なのか。

貝原益軒《かいばらえきけん》によれば、ユリは「揺り」に通じ、揺らすことによって霊魂が活性化されると考えてきた日本人にとって、昔から神聖な花であったらしい。赤ちゃんが寝かされる場所が「揺りかご」なのも、そのためであろう。そこへ、古来、魂や霊を意味してきた「さ」をつけた「サユリ」という名前は、つまるところ「ユリの精」を表したものといえるのだろうが、それより広義の意味として、「魂を揺り起こす存在」と解釈することも可能だ。

なにはともあれ、見える者だけに見えるそれを、幽霊とするか、精霊とするか、あるいは、ただの幻影とするかは、人それぞれで、彩人の場合、気配の正体がなんであれ、一度は見たいと願ってやまない。

それだというのに、彩人が、これほど悔しい想《おも》いをしながら見ることができずにいるものを、ある種の人間は、いともたやすく見てしまったりする。

しかも、その見え方といったら、悔しさを通り越し呆《あき》れ果ててしまうほど、あっさりちゃっかり、まったく無自覚に、だ。

そのひとりが――。

「センセ～イ、センセ～イ！　どこにいるんですか～？　返事をしてくださ～い！」

早朝の清々しい空気を切り裂いて、なんとも能天気な声が響きわたった。

けっして悪意のあるものではないのだが、そのあまりの能天気さに、すべてが一瞬でぶち壊しになるような、そんな前向きな破壊力のある声だ。言うなれば、コンクリートを蹴破《けやぶ》っても生えてくる野草の生命力に満ちた声。

声の主は、名前を立花真《たてはなまこと》という。

御年、二十八歳。

「立花」と書いて、「たてはな」と読ませるのだが、大概の場合、あっさり「たちばな」と呼ばれてしまう彼は、彩人が一緒に仕事をしている某雑誌の編集者である。

「センセ〜イ、センセ〜イ、きっといますよね、どこかに」

そりゃ、どこかにはいるだろう。生きている限り。

げんなりしながら思った彩人が、そのまま無視して歩き去ろうとしていると、前方の曲がり角から、突如、ヌッと花の塊が現われる。

ギョッとして立ちどまった彩人の前で、その花の塊がしゃべった。

「あ、センセイ、み〜っけ！」

ホラーだ。

そう思って立ちつくす彼のほうに、トコトコと歩いてきた花の塊――ないし立花真は、腕にかかえている花の間からひょっこりと顔をのぞかせ、彩人に向かって文句を言いたてる。

「センセイ、そんなところで、ボーッとつっ立ってないで、ちょっとは手伝ってくれませんか。それとも、立ったまま、寝てます?――言っときますけど、これ、全部、サユリさんに渡されたものですからね」

彩人が、花を半分ほど受け取りながら、片眉《かたまゆ》をあげて訊き返す。

「サユリに?」

「そうですよ。常々思っていましたが、あんな可愛《かわい》らしい顔をして、人使いが荒いんですよね、サユリさんって」

愚痴を言う真を複雑そうに見おろし、彩人はもう一度、つぶやくように繰り返す。

「サユリに、ねえ」

つまり、そういうことだ。

この男には、「サユリ」の姿が見え、なおかつ、「サユリ」のことをこの家のお手伝いさんかなにかだと思っている。

いったい、この男の目に、「サユリ」はどんな風に映っているのか。甚だ興味があるが、それ以前に、なぜ、彼に見えるのかがわからない。

彼は、宮籠家の人間でもなければ、まして女性でもないというのに――。

割り切れない思いでいる彩人の前で、真が、あっけらかんと話を進める。

「ま、いいんですけどね。どっちにしろ、この花を使って、センセイに『華術師・彩《あや》の花みくじ』の原稿を書いてもらうわけだし、そうなると、これも、雑用係である僕の仕事ってことになる。それにそうだ、そう考えると、『花みくじ』を通じて神様にお伺いを立ててくれているのは、センセイではなく、サユリさんってことになりますねえ。

――うわあ、大変だ。どうします、センセイ、失業ですよ？」

真としてはただの軽口のつもりであったようだが、複雑な心境にある彩人にしてみれば、そこに秘められた皮肉に対し、ただただ、苦笑するしかない。

そこで、こちらは嫌味を込めて言い返す。

「いいんじゃないか、失業でも。たんに、君と縁が切れるというだけの話だ」

「またまた。心にもないことを言っちゃって」

なんとも前向きな姿勢で嫌味を退けた真が、「ということで」と分の悪くなった話題を切り替える。

「八千代《やちよ》さんが作る栄養満点の朝ご飯を食べたら、それをエネルギーにして、とっとと仕事をしてくださいね。締め切りというのは、動かざること、駄々をこねている犬のごとしですよ」

それは、つつけば動くということか。

先に立って歩き出した後ろ姿に向かい、彩人がいかがわしそうに問いかける。

「それで、君のほうは、もしかして、また、ここでちゃっかり栄養満点の朝ごはんを食べていくつもりかい？」

「そうですねえ、僕としてはそうしたいところなんですが、今日は、午前中に企画会議が入っていて、この花の写真を撮ったら出社しないといけないんです」

「――へえ。珍しい」

意外そうに応じた彩人に、クルリとふり返った真が、心底羨《うらや》ましそうに言う。

「ほんと、センセイはいいですよねえ。年がら年中、こんなところで、のんべんだらりとしていられて」

それは、まったく人を褒めた言葉ではなかったが、口調が心底羨ましそうだったので、彩人はなんとなく言い返すことができず、小さく肩をすくめるにとどめた。

3

「一つ、多い……」

朝食のテーブルについたままつぶやいた彩人の言葉に、そばで食器をさげていた男が顔をあげて言った。

「それは、よろしゅうございましたね」

彩人が、意外そうに男を見る。

「なにがですか、八千代さん？」

「いえ。一つ多かったのなら、よろしいのではないかと。これが、逆に一本少ないとなると、季節柄、ちょっとイヤな展開になりそうですので」

「――ああ。もしかして、番町皿屋敷《ばんちょうさらやしき》とか？」

「はい。彩人様が、どこかそのへんで『一つ、足りな～い』と恨めし気に訴え始めたら、正直、私は逃げ出そうかと」

彩人が、白ユリに目を戻して納得する。

「たしかに」

それからしばらくして、食器をまとめ終えた八千代が、彩人のコーヒーカップにコーヒーを注ぎ足しながら、言う。

「『マドンナ・リリー』ですね」

「ええ」

うなずいた彩人が、白ユリをクルリとまわして、続ける。

「だけど、こんなもの、どこに咲いていたのだろう。悔しいけど、僕は、気づきませんでしたよ」

「ということは、例によって立花様が？」

「そうです。まさに例のごとく、サユリに渡されたと言っていたんですけど、雑誌用に写真を撮ったのは、そっちの三つで、これだけはなにもしていない。――一番目立つ花だというのにね」

「たしかに、そうですね」

うなずいた八千代が、少し考えてから告げた。

「そうなると、それもサユリの伝言なのかもしれません」

白ユリをクルクルまわしていた彩人が、ピタリと手をとめて相手を見る。

「……サユリの？」

「はい」

「伝言というのは？」

「さあ。私には、わかりかねますが、こんな風に彩人様の手元にもたらされたということは、なにか意味があるのではないかと」

そこで、白ユリをもの思わしげに眺めやった彩人が、ややあって訊く。

「――もし、八千代さんの言う通りだとして、毎度思うことですが、なぜ、立花君にはサユリが見えるんでしょうね？」

「はて。どうしてでしょう」

どうでもよさそうな相槌に、彩人が探るような目を向ける。

「気になりませんか？」

「いいえ。特には」

慇懃《いんぎん》に応《こた》え、盆に載せた食器類を持って立ち去った男の背中を見送り、彩人は小さくため息をついた。

そんな彼のまわりでは、朝摘んだ花が、古式ゆかしく室内を飾っている。柱の籠から蔓草《つるくさ》の花が枝垂《しだ》れ落ち、床の間に置かれた花器の中では、野の花や枝物がしなやかにたなびく。

開け放たれた窓から吹き込む風が、それらを揺らして過ぎていった。ものみなすべてが、清々しさに満ちた家。

宮籠家は、鎌倉時代に、近江《おうみ》のあたりからここに流れ着いた者たちが起こした家らしく、地元の古文書によると、その頃、このあたりに余所者《よそもの》が住みつき、よく花を育てたことから、彼らのことを「華術師」の末裔《まつえい》であるとしたようだ。

ただ、その時点での「華術師」というのがどんなものであったかは、資料などに具体的な記述がないため、まったくわかっていない。わかっていないが、当時の「陰陽師《おんみょうじ》」などが、天体や自然の理《ことわり》を研究することで、未来を予見したり術を施したりしたように、「華術師」は、土壌や天候など、草木を育てる研究をすることで花の言葉を知り、花を使った神事を行っていたのではないかと推測されている。

少なくとも、宮籠家の先祖は、長い年月をかけてこの地に花の迷宮を作りあげ、「華術師」を自称しながら、村人に薬草を提供したり占術を行うなどして生計を立ててきたようである。

さらに、室町以降、いけばなの発展にともない、公家《くげ》や武家に花材を提供するようになった宮籠家は、江戸時代には武家屋敷などの庭造りにかかわるようになって、それが現在にも継承されている。というのも、明治時代になって宮籠家の長男が興《おこ》した八千代家が、造園業の大手である「八千代造園」を作ったからだ。

だが、なぜ、長男が宮籠家を継がなかったのか――。

理由は一つ。

宮籠家は、ひそかに女系相続を行ってきたからだ。

宮籠家では、その家に生まれた女だけが、花の精の言葉を聞くことができた。言い換えると、サユリの姿が見えるのだ。

そして、そんな宮籠家の女と外界を結ぶ役割を果たすのが、彼女のことを心から理解し、守る決心をした夫である。

ゆえに、娘婿《むすめむこ》となった男は、妻が花々から受け取ったものを、さまざまな形で外に伝えてきたのだが、その在り方は、時代によってさまざまだ。医者や占い師、今なら、心理カウンセラーなどもあり得るだろう。

そうやって宮籠家に入ってくる男とは対照的に、この家に生まれた男は、外界へと旅立っていく運命にある。

八千代家を興した者も然《しか》り。

そのほとんどが、宮籠家で培《つちか》った庭造りの技術を生かした職業に就き、請《こ》われて八千代造園に入る者もあれば、植物学者になったり、独自にガーデンプランナーとして活躍する者もいた。

彩人も、高校卒業とともに家を出て、イギリスにガーデニングとハーブの勉強に行った。将来は、イギリスに居を移し、向こうで本格的に造園業をやろうと思っていたからだ。

ところが――。

彼が渡英してすぐ、両親と五歳年下の妹が飛行機事故で亡くなった。皮肉なことに、家族で長男の滞在先に遊びに来る途中の不幸だった。

出ていく運命にあった彩人が、生まれ育った宮籠家に呼び戻されたのは、それから何年か経《た》ってからのことである。その際、イギリスまで彼を迎えに来たのが、両親の死後、宮籠家にひとり残された祖母を看取《みと》ってくれた八千代だった。その名からもわかる通り、彼は八千代家の人間で、長年、宮籠家に奉仕してきた男である。

それもすべて、「華術師」の末裔である宮籠家を守るためだ。

その後、多少の紆余《うよ》曲折はあったが、結局、彩人は、宮籠家の生き残りとして、今様「華術師」を名乗ることになった。もちろん、戻って来た当初は、彩人にそんな気はまったくなかったのだが、そこへ現れたのが、立花真だ。

「花とラビリンス」という花の雑誌を作る編集部の編集者である真は、なんの前触れもなく彩人の前に現われ、仕事の話を持ちかけた。

それが、現在まで続いている「花みくじ」の企画で、彩人の父親である草一《そういち》が、かつて携わっていたものをベースにしているらしく、ぜひとも、息子の彩人に一緒にやってほしいというのが彼の依頼だった。

だが、宮籠草一——旧姓、仙堂《せんどう》草一は、いけばなの家元である仙堂家の長男で、若い頃からいけばな界のプリンスとして、その世界では名を馳《は》せていた人物だ。そんな有名人だからこそ、エッセイにしろ花占いにしろ、読者にとっては意味があったはずなのに、まったく無名の彩人が同じことをやって、だれが読みたいと思うだろう。

そう考えて、一旦《いったん》は断った彩人であったが、例によって例のごとく、どんなに冷たくあしらおうと、その恐ろしいまでに前向きな精神力で一向にへこたれない真に根負けし、引き受ける羽目になった。

もっとも、引き受けるにあたっては、もう一つ、彩人の気を変えさせた事件があって、それこそが、真が、ある日、なんの気なくサユリの存在を口にしたことだった。

なぜ、真にサユリが見えるのか。

その日以来、彩人は、その謎《なぞ》と真の存在に悩まされることとなり、その時に彩人につけられた肩書が「華術師」であったのだ。

（マドンナ・リリーねえ……）

一人になった朝食のテーブルで残りのコーヒーを飲み干した彩人は、考え深げに眺めていた白ユリを青磁の花瓶に投げ入れると、午前中の仕事をするために、部屋を出て行った。

4

帰宅ラッシュを迎えた横浜駅構内。

神奈川県随一のターミナル駅は、この時間、ホームから人が溢《あふ》れんばかりの混雑ぶりを見せる。ひどい時には、到着した電車に乗り込もうとする人間と、降りてきて改札に向かう人間の押し合いへし合いで、一歩も前に進めなくなることがあった。

それでも、大きな事故が起きず、人々が日々この混雑に耐えられるのは、小さい頃にやったおしくらまんじゅうのおかげではないかと、人の流れに身を任せながら、真は思う。

あれは、遊びと称してはいるが、実は、いずれ経験することになる混雑に対する耐性を養っていたのかもしれない。

となれば——。

(昔の遊びって、奥が深いなあ……)

押されるようにして歩きながら、真が思っていると——。

フワッと。

独特の香りが、鼻先をかすめた。

ハッとして顔をふり向けた真は、目の前をよぎった白い物体を見て、「ああ、ちょっと」と声をかけながら反射的に手を伸ばす。

「ねえ、君、それ——」

だが、それに手が届いたと思った瞬間、ふいに手首をグッとつかまれ、そのままグイッとひねりあげられてしまう。

「んぎゃあ！」

悲鳴をあげた真が、腕をひねられたまま、さらに喚《わめ》く。

「イタイ、イタイ、イタイ！　ちょっと、放して、話せばわかるから」

そんな真の耳元で、彼の腕をひねりあげている相手が、きれいな声でささやいた。

「貴方《あなた》、どういうつもり？」

「だから、話せばわかりますって」

「なら、話して」

「その前に、放して」

「話す？　私が？」

「そう」

「何を？」

どうやら、会話が噛《か》み合っていないようだ。

そこで、真が、空いている手で腕を指して懇願する。

「だから、腕。この腕を放して」

「ああ」

そこで、ようやく真の腕を放した相手が、もう片方の手に持っていた大きなユリの花束を突きつけて詰め寄った。

「ほら、放してやったわよ。だから、説明しなさい」

「いや、だから――」

腕をさすりながら言いかけた真は、相手を正面から見すえたところで、とっさに言葉を飲み込む。

そこに立っていたのが、つい見惚《みと》れてしまうほどの美人だったからだ。

きつめの目も、小ぶりな唇も、全《すべ》てが完璧《かんぺき》に整った美しさで、パンツスーツのスラリとした立ち姿は、まさに、手にした花と同じ「ユリの花」だ。

黙り込んだ真をしかめっ面《つら》で上から下まで眺めまわし、「歩くユリの花」が詰問《きつもん》口調で問いかける。

「で？」

それに対し、相手に見惚れたまま、真が訊き返す。

「で、って？」

「だから、なんで、私に触ろうとしたの？ 貴方、痴漢？」

「痴漢……」

「やっぱり」

「なにが？」

「だから──」

気もそぞろな真の顎《あご》を片手でギュッとつまみあげ、「ぎゃっ」と喚いた真に顔を近づけながら、女性は言った。

「貴方、私に痴漢する気だったの？」

「痴漢？──え、あ、いや、まさか」

ようやく相手の美貌から意識を引き剝《は》がした真が、慌《あわ》てて自己弁護する。

「違いますよ。誤解です。痴漢って顔はしてないでしょう？」

真面目に主張したつもりだが、相手の共感が得られなかったとわかり、真は、即座に先を続ける。

「ただ、止めようとしただけです」

「止める？」

「ええ」

「痴漢行為を？」

「貴女のことを」

「私、痴漢なんてしてないけど」

「でしょうね」

噛み合わない会話に辟易《へきえき》し、真がげんなりと申し出る。

「……いい加減、痴漢からは離れませんか？」

「いいけど」

小ぶりな顔を引いて応じた女性が、「で」と改めて尋ねる。

「私を止めようとしたというのは、何故《なぜ》？」

「それは、その花束が」

言いながら、彼女が手にしているユリの花束を顎でさし、告げた。

「そんなものを持って満員電車に乗ったら、花粉が他の乗客の服について大変なことになりますよ。なんといっても、ユリの花粉は染《し》みになって、まずもって落ちませんからね。きっと、クリーニング代どころの騒ぎじゃ済まなくなります」

真の釈明を聞いていた女性は、途中、自分が持っている花束を見おろして柳眉《りゅうび》を小さく吊《つ》りあげると、つまらなそうな口調で言い返した。

「それは、ご親切にどうも。でも、無駄だったわね」

「無駄？」

「ええ。だって、私、これを捨てるつもりだったから」

そう言う彼女のそばには、公共のゴミ箱が置いてある。

「え？」

「捨てる？」

真が、目を丸くする。

「そう」

「なぜ？」

「それは、貴方が今言ったように、こんなものを持って電車に乗ったら、人に迷惑がかかるからよ」

「いや、でも、だからって、捨てなくてもいいでしょうに。花粉さえ取れば大丈夫ですから」

「花粉？」

「そうです。濡れティッシュで——」

言いかけた真を遮るように、目の前の女性が吐き捨てる。

「面倒くさっ」

真がびっくりして、言い返す。

「面倒くさくないですって。すぐですよ。五分もあれば、取ってあげますから」

「けっこうよ。どっちにしろ、捨てるつもりだったし」

「そんな。きれいな顔でそんな冷たいことを言わずに」

言いながら、ポケットティッシュを取りだそうと、カバンの中をグシャグシャに引っ搔《か》き回している真の前に、女性が花束を差しだした。

「なら、これ、貴方にあげるわ」

「え？」

動きを止めた真が、ポカンとした顔で相手を見つめる。

「あげる？」

「ええ」

「でも、人にもらったものでしょう？」

「人というか、送別会でね。形ばかりのってやつよ」

「だけど、これ、この大きさなら、たぶん一万円はしますよ？」

「あら、びっくり。——無駄遣いも甚だしいわね」

「無駄遣いって……」

花束になんの価値も見出《みいだ》さない女性と、花を大事に思う真の間に、不穏な空気が漂った。そんな二人にはさまれて、花束が身の置き所もない様子で縮こまる。少なくとも、真には、そう見えた。

顔をしかめた真が、言う。

「本当に、もらっちゃっていいんですか？」

「ええ。どうせ、私が持って帰っても、家に花びんもバケツもないし、水を張っているものといえば、便器くらいだから」

「……べんき？」

とっさに意味を取りそこなった真が、その構図を想像した時には、すでに、真の手に花束を押しつけた女性は身を翻《ひるがえ》していて、鳴り出した携帯電話を取りだしながら遠ざかって行った。

構内のざわめきが、あっという間に女性の気配を飲みこむ。

5

「便器って、なんだ？」

駅の男子トイレの個室に入り、カラカラと音を立ててトイレットペーパーを丸めながら、真は罵《ののし》る。

カラカラカラ。

「花を便器に突っ込むなんて、その発想が信じられない」

「ほんと、いったい、どういう神経をしているんだ。あんなにきれいな顔をしているのに」

カラカラカラカラカラカラ。

「まったく、世も末だよな。う～ん」

最後は唸《うな》るが、別に排泄《はいせつ》のために唸っているわけではない。

彼は、便器の上に花束を置き、丸めたトイレットペーパーでユリの花粉を取ろうとしているところだ。

だが、そうとは知らない他の男たちが、声だけが響いてくる個室のほうを、奇異なものでも見るような目で振り返る。

あどけなさの残るファニーフェース。

ジーンズにチェック柄のシャツとポケットの多いベストを着た姿は、学生とも社会人とも言えそうな雰囲気を持っていて、さらに、そのいかにも風来坊といった様子から、ジャーナリストにも秋葉原を徘徊《はいかい》する人種にも見えるのだが、れっきとした編集者だ。

彼が携わっている「花とラビリンス」というタイトルの月刊誌は、雑誌の廃刊が続く世知辛いご時世にあって、比較的一定の売り上げを保っている。その主な要因として、依然衰えることのない習い事としての「いけばな」の世界と密接なつながりを持っているからだろう。

もちろん、昨今流行の「アレンジメント」方面とも、関係を密にしている。

とはいえ、時代を思えば、いつ何時、「花とラビリンス」も廃刊の憂《う》き目を見るかはわからず、決して安穏としていられないのは、事実だ。

ちなみに、雑誌を作る上での基本的なコンセプトは、「生活に花とゆとりを――」であるのだが、それで何故、タイトルに「ラビリンス」が入るのかは、真も知らなかった。

そんな彼は、花をこよなく愛し、慈《いつく》しんでいた。故《ゆえ》に、美しい花を粗雑に扱う人間の気が知れない。

「……でも、待てよ」

便器の上の花束に目をとめ、真はふと思う。

「案外、斬新《ざんしん》だったりして？」

腕を組んで上半身を遠ざけ、絵画でも鑑賞しているかのように目を細めた。

「そうだよな。便器だって、立派に芸術品に化ける現代アートであれば、常に水を湛《たた》えている便器に花を生けるというのは、アリなのかもしれない」

自分の言葉に対し「ふんふん」と頷《うなず》いて、続ける。

「たぶん、アリだな。――よし、今度、どこかのセンセイに提案してみよう。タイトルは、『循環する水の力』、でなきゃ、『すべては、そこから流れ去る』。う～ん、いいねえ」

結論した真は満足そうな表情になり、改めて、目の前の花束を眺めた。

「それにしても、立派なカサブランカだなあ。まるで、去って行った彼女のよう。……彼女、本当にきれいだったし」

目の前の凜《りん》と美しい花に、名前も知らない女性の姿を重ね、真はうっとりとため息をつく。

最近では、ユリの代名詞ともなっているカサブランカは、王者の貫禄《かんろく》にふさわしい大振りの花をつけている。純白の花弁にアクセントを添えるように、中心から伸びた雌蕊《めしべ》のまわりをオレンジの花粉をまとう雄蕊が囲む。

その対比は美しく、取ってしまうのは実に惜しい。

「活《い》けるなら、絶対にこのままの方がいいよな」

言った途端、「あ、そうか」と手を叩《たた》き、花束を手に取って個室を出た。

彼が向かったのは、プラットホームとは反対の改札口のほうだった。駅員に言って入場記録を解除してもらい、その足でタクシー乗り場に向かう。

何故といって、満員電車に乗ると思うから花粉を取る必要があるのであって、タクシーで帰ってしまえば、花粉を取らず、そのまま活けられることに気づいたからだ。

（僕って、天才？）

鼻歌交じりにタクシーに乗り込んだ真は、運転手に行き先を告げると、その美しい花をどういう風に活けるか、家に着くまで、頭の中であれこれとシミュレーションをして楽しんだ。

6

翌日。

朝食のあと、書斎に移って仕事をしていた彩人のところに、なんの物音も立てずに八千代が現われた。

ちなみに、八千代は、年齢不詳で、忍者の頭領《とうりょう》のように、どっしりとしている割に敏《びん》捷《しょう》そうなのが特徴である。隙《すき》のない身なりで、態度は慇懃、同時に穏やかな雰囲気をたたえた男である。

「彩人様」

静謐《せいひつ》な空間に染み入るような声。

「なんでしょう、八千代さん」

顔をあげずに答えた彩人に、八千代が告げる。

「お客様がお見えです」

「客？」

そこで、ようやく顔をあげた彩人は、八千代の顔を見て、さらに壁にかかった時計を見てから続ける。

「こんな時間に珍しいですね。――ああ。もしかして、またぞろ、立花君が、原稿の催促とか適当な理由をつけて立ち寄りましたか。でも、残念ながら、原稿はまだなので、そう言って追い返してもらえませんかねえ」

だが、八千代は、「いえ」と否定した。

「いらしたのは、立花様ではございません」

「それなら、どなたですか？」

「有平《ありひら》様の奥方です」

「――成美《なるみ》さん？」

意外そうに繰り返した彩人が立ちあがり、書斎を出ていく。

玄関脇《わき》に設けられた小部屋に入ると、八千代の言葉通り、近所に住む主婦である有平成美が、籐《とう》の椅子《いす》に座ってぼんやりと庭の景色を眺めていた。

その小部屋は、急な来客を通す場所で、客人は下足のまま入れる。

もちろん、商談に使うこともあるので、一面ガラス張りの窓からは、花の景観を存分に楽しむことができた。

彩人が声をかけると、成美が振り返り、しとやかに立ちあがった。

有平成美は、清楚《せいそ》なお嬢様風の相貌の下に、若妻らしい、匂《にお》うような色気を秘めた美しい女性だ。実家が北鎌倉にあるお嬢様で、三年前に結婚し、この近所に引っ越してきた。

「こんにちは、先生。急にお邪魔したりして、申し訳ありません」

「いいえ、構いませんよ」

「先生」という呼びかけは、以前、彩人が、叔母の依頼を受け、横浜のカルチャースクールでいけばなのお稽古《けいこ》を代行したことがあるからだ。

これでも一応、彩人は、いけばなの世界で三本の指に入る名門「花月流」の家元の長男であった父から花の生け方を教わって育ったため、人に教えられるだけの資格を持っている。

だが、家名を捨てて出奔《しゅっぽん》した父と仙堂家は、それ以来折り合いが悪く、そちらとは殆《ほと》んど付き合いがない。

唯一《ゆいいつ》、付き合いがあるのが、父の妹で、兄と同じく、格式ばったいけばなの世界とは距離を置きつつも、現在華道家として大成功を収めているバツイチ、独身の仙堂橙子《とうこ》だ。

その勢いといったら本家をしのぐほどで、全国に華道教室を持ち、そこで盛花など多彩なコースを設けて人気を博していた。

有平成美は、その叔母が、直に教えている格式ある鎌倉の教室の生徒で、最近では、頼まれて、各教室のアシスタントなどもやっているようだ。彩人が横浜で稽古の代行をした時も、成美がアシスタントに入ってくれ、不慣れな彼をなにかと助けてくれた。

それだけに、彼女から「先生」と呼ばれることには、抵抗がある。

そこで、彩人は言った。

「何度も言っていますが、僕に対し、『先生』は止《や》めてくれませんか。そんな柄ではないですし、そもそも、僕はいけばなの先生ではなく、一介のガーデンプランナーです」

「あら、でも、彩人さんは、橙子先生の甥御《おいご》さんだし、私にとっては、やっぱり『先生』というのがしっくりきます」

上目づかいに微笑《ほほえ》みながら言い返され、結局、呼び方は改まらないまま、彩人が用向きを尋ねる。

「それで、今日は、どうなさいました？」

「それが、図々《ずうずう》しいお願いなんですけど、室内に飾る切り花を、少し分けていただけないかと。――もちろん、お代はお支払いします。というのも、今日、横浜のカルチャースクールのお教室で知り合った奥様方を招いてお茶会をする予定なんですけど、こんな日に限って、駅前のお花屋さんが臨時休業で……。まあ、ただのお茶会だから、別にお花はなくてもいいんでしょうけど、でも、花を通じての知り合いを招くのに、家の中に花がないというのも、なんか間抜けな話だから」

たしかに、そういう知り合いなら、花の話題が一番盛りあがるだろう。

「それは、ぜひとも、花を飾って欲しいものですね。ちょうど、白ユリがあまっていて」

「白ユリですか？」

「はい。貞淑な女性たちの集いにはぴったりの花です」

「あら。お上手ですこと」

そこで、彩人は一度奥へと引っ込み、行き場を失《な》くしていた「マドンナ・リリー」を手にして戻ってくる。

「これなんですけど」

「まあ、きれい」

目にした成美が、嬉《うれ》しそうに顔をほころばせる。

「とても上品な佇《たたず》まいですね」

「はい。それに、ユリなら、活け方に決まりがある杜若《かきつばた》などと違って、花器にさすだけでもじゅうぶん見応えがあるので、お茶会の準備のほうに時間をかけられるでしょう」

「そうですね。――もっとも、準備といっても、食べ物は持ち寄りで、むしろ手作りお菓子の品評会みたいなものなんですけど」

説明する成美に白ユリを手渡しながら、「そういえば」と彩人が付け足す。

「ご存知かもしれませんが、『マドンナ・リリー』は、その名の通り、聖母マリアの花で、受胎告知の際、天使ガブリエルが手にしていたことでも知られているんですよ」

「受胎告知――」

とたん、白ユリを受け取ろうとした成美が、一瞬、手の動きを止め、濡《ぬ》れた瞳《ひとみ》で彩人を見つめ返した。

言の葉のいずるがごとく、目はものを語る――。

その瞳に秘められた想い。

揺れ動く女心。

ややあって目を逸《そ》らした成美は、何事もなかったかのように受け取った白ユリに顔を近づけ、かぐわしい香気を楽しみながらつぶやく。

「本当に、きれいなユリ……」

彩人が、その横顔をもの思わしげに見つめていると、振り向いた成美が申し出た。

「では、これ、いただきますね。幾ら、お支払いすればよろしいでしょう?」

彩人が、肩をすくめて答える。

「別に必要ありませんよ」

「そういうわけには」

「本当に、いいんです。——どうやら、この花は、昨日から渡されるべき相手を待ち望んでいたようですから」

「渡されるべき相手……?」

成美はいぶかしげに繰り返すが、彩人はそれ以上詳しい説明はせず、他に二、三、その場で摘み取った花を一緒に持たせ、彼女を送り出した。

7

成美の姿が見えなくなると同時に、横合いから声をかけられる。

「見ぃちゃった、見ぃちゃった」

歌うような節回し。

振り向くまでもなかったが、反射的に彩人が振り返ると、そこに、庭の花を背景にした立花真が立っていた。愛嬌《あいきょう》のあるファニーフェースには、ニタニタというのがぴったりの表情が浮かんでいる。

「や〜、センセイもお安くないですねえ」

「なにが？」

ぞんざいな口調になった彩人だが、真は気にせず続ける。

「朝っぱらから、女性に花なんか渡しちゃって」

「それが、なんだい。花を斡旋《あっせん》するのが僕の仕事だし、それ以前に、彼女、ああ見えて人妻だよ」

「へえ。じゃあ、不倫か。ますます、お安くない」

ニタニタの度合いを増した相手を、彩人がいなす。

「バカなことを。——だいたい、君、どこから入って来たんだ？」

「入り口ですよ、もちろん。入るところだから、入り口って言うんです。反対に、出るところは、出口。それら二つを兼ね備えているのが、出入り口です。ご理解いただけました？」

「ああ。ご理解いただけたよ。——でも、それなら、ここで、何をしている？」

「散歩です」

「いつから？」

「かれこれ、三十分くらいですかねえ」

「三十分も、人の家の庭を勝手に？」

「そうですね。天気がよかったもので」

「へえ」

嫌味らしく受けた彩人が、そのままの口調で言う。

「天気がいいと、君は、人の家の庭を勝手に散歩するというわけか」

「ええ、まあ、場合によっては。――なにせ、僕、花に誘われちゃう質《たち》なんで」

悪びれない相手にげんなりした彩人は、返事を省略し、その場でクルリと踵《きびす》を返した。

思い返せば、最初に彼をこの庭で見た時も、そうだった。

ふとしたきっかけで庭に迷い込んできた彼は、今のように当たり前な顔をして、彩人の前に立っていたのだ。もっとも、その時は、入り口から入ってきたわけではなかったようだが、なんにせよ、神出鬼没で図々しいところは、変わりない。

彩人のあとを、勝手にひょこひょことついて歩きながら、真が言う。

「彼女、有平成美ですよね」

チラッと背後を見て、彩人が訊き返す。

「彼女のこと、知っているんだ？」

「はい。華道教室で」

「華道教室？」

「そうですよ。これでも僕、一応、横浜のカルチャースクールでやっている仙堂橙子先生の華道教室の生徒ですから。——ああ、もちろん、生花コースで」

「……そうだったね」

そこで、もう一度嫌そうに眉《まゆ》をひそめた彩人が、訊く。

「それなら、君も、お茶会に出るのかい？」

「お茶会？」

「うん。彼女、今日の午後、教室で知り合った奥様方を招いて、お茶会をすると言っていたから。そのために、家に飾る花を分けてほしいと言ってきたんだよ」

「へえ、お茶会ねえ」

彼女が去って行ったほうをふり返り、真が意外そうにつぶやく。

「それは知らなかった。なんで、僕は招待されていないんだろう？」

たぶん、答えは期待されていなかっただろうが、彩人はしみじみと応じた。

「なんとなく、わかる気がする」

顔を戻した真が、訊く。

「なにが、わかるんですか？」

「さあ、なんだろうね。言ってみただけだよ。――それより」

話を逸らすように、彩人が尋ねる。

「今日は、なんの用だい？」

「よう？」

不思議そうに繰り返した真が、すぐに「ああ、『用』ね」と納得し説明する。

「それはもちろん、橙子先生を始めとする鎌倉在住の諸先生方との打ち合わせついでに、こちらの原稿の進み具合を見に来たんですよ。――ちょうど、もうすぐお昼だし」

「――つまり、昼飯を食いに来たんだね？」

「はい」

とたん、クルッと振り向いた彩人が、「残念だけど」と冷たく宣言した。

「君に食べさせるようなものは、何もないよ」

「でも、八千代さんは、あるって言ってましたよ」

「え？」

「だから、来たんだし。――なんといっても、昨日、柄にもなくタクシーなんて乗ったもんだから、今月の食費がなくなっちゃって」

口を開けたまま言葉を失った彩人を追い越し、真は勝手を知り尽くした様子で食堂へと入っていく。

食堂では、名前があがったばかりの八千代が、粛々と昼食の準備をしているところだった。

真が、調子よく挨拶《あいさつ》する。

「どうも〜、八千代さん」

「いらっしゃいませ、立花様。お散歩は、いかがでしたか？」

「おかげさまで、のんびりできました」

答えてから、気がついて尋ね返す。

「——なんで、僕が散歩していたことを知っているんですか？」

「私も、野菜を摘みに庭に出ておりましたから」

「なるほど」

あっさり納得した真は、八千代が引いてくれた椅子《いす》に座り、テーブルの上の食事に興味を移す。

「お。オムライス。ソースは、牛頬肉のシチューですか？」

「はい。昨晩の残り物で申し訳ありませんが」

「なんの。二度美味《おい》しいとは、このことでしょう。そうか〜。昨日の夕食は、シチューだったんだ。いいなあ。僕なんて、カップラーメンですよ」

するると、あとから入って来た彩人が、同じく八千代に引いてもらった椅子に座りながら、文句を付ける。

「八千代さん。なんで、わざわざ彼の分まで用意したんですか？」

「おや。昼食がてらの打ち合わせだと聞いておりましたが、違いましたか？」

とたん、彩人が、ジロリと真を睨《にら》む。どうやら、道化者の編集者は、誠実な管理人を舌先三寸で丸め込んだらしい。

睨まれた真は、取り上げられては大変とばかりに、「いただきま〜す」と大声で宣言し、さっさと食事に取りかかった。

「ん〜、うまい！　摘みたて野菜のサラダも、美味しい！」

「それは良かったね」

つまらなそうに言った彩人が、スプーンでオムライスをすくい取っていると、口をもぐもぐさせながら、真が一応仕事の話をする。

「そういえば、センセイの『華術師・彩の今月のひとはな』は、とても評判がいいですよ。種谷《たねや》編集長も喜んでました」

「ふうん」

「お手紙も、何通か来ています」

「そう」

「もちろん、『華術師・彩の花みくじ』のほうも、相変わらず、すごく当たると評判なんですけど、ただ、手紙を読む限り、みんな、センセイのことを、女性と思っているようですね」

「へえ」

ちなみに「彩」というのは、彩人が、雑誌にエッセイや占いを掲載する時に使っているペンネームで、「ひとはな」は「一花」と「一話」をかけた、要は、一つの花をテーマに四方山《よもやま》話をするという趣旨のエッセイだ。

「花みくじ」のほうは、どこにでも載っているような占いなのだが、ただ、星占いなどと違って、誕生月というくくり方はせず、掲載した数種類の写真の中から、読者が直感で選んだ花のメッセージを受けとるという仕組みになっている。

つまり、タイトル通り、おみくじ方式というわけだ。

真が、「もっとも」と続ける。

「手紙の中で一番多いのは、なんと言っても、センセイのプロフィールにある『華術師』に関する質問なんですけど」

さっきからずっと興味がなさそうに聞いていた彩人が、チラッと目をあげて、真を見た。あとに続く言葉が、ありありと想像できたからだ。

案の定、真が困り果てたように告げる。

「――ときに、センセイ。『華術師』って、なんでしょう？」

「さあ」

速攻で、彩人が答えた。

「知らないよ」

「そんな、冷たい」

「そりゃ、冷たくもなるさ。『華術師』のことは、前に話したはずだからね。――語られるべき歴史もなければ、深い意味もないって」

「まあ、確かに、そんなようなことを聞いた気もしますけど」

渋々認めた真が、「ただ、そうは言っても」と主張する。

「プロフィールに載せる内容は、最初の時に、ゲラと一緒に確認してくださいって、僕、言いましたよね？」

「そんなこと、言ったっけ？」

「言ったんです！」

断言して、真は続ける。

「それで、その時に、センセイがオッケーを出したから、僕は、載せていいと思って載せたんですよ？」

責任転嫁《てんか》され、少々分が悪そうに、彩人が肩をすくめた。

その間も、八千代は黙って彼らの間を立ち回り、下げた皿の代わりにデザートの皿を用意していく。

ややあって、彩人が弁明する。

「そんなの、原稿のほうに気を取られていて見てないさ。まさか、こっちが言ってないプロフィールまで、載せるとは思わないし」

「そんな、無責任な！」

真が唇をとがらせ、ブルルルと音を立てた。

「――でもでも、載せちゃったものは載せちゃったわけだし、実際、センセイのご先祖様は、『華術師』だったんですよね？」

「まあね」

「なら、ウソをついているわけではないから、いいじゃないですか」

「そうだけど、言ったように、あくまでも、『華術師』のことは、そんな名前で呼ばれる人たちがいたというくらいで、すべてが謎に包まれているんだ。となると、可能性として、ご先祖様が、勝手に『華術師』と名乗っていただけかもしれないわけだから」

「『ハイパーなんちゃら』みたいにですか？」

現代風な例えに対し、彩人がすがめた目を向けた。

「……君、僕のこと、バカにしている？」

「滅相もない」

慌《あわ》てて否定した真が、弁解がましく言う。

「とにかく、『華術師』って、なんかいいと思ったんですよ。響きがきれいで。それにほら、花からのメッセージを読み取り、伝えるべきところに伝えるなんて、それはもう『陰陽師《おんみょうじ》』や『占い師』なんかと同じジャンルに属すると思いませんか？」

「……『陰陽師』ねぇ」

たしかに、宮籠家の先祖は、花園を管理し、武家や公家《くげ》などの求めに応じて花を提供する一方、占いのようなこともやっていた節がある。

なんといっても、今でこそ、「いけばな」というのは、鑑賞のためにあると思われがちだが、そもそもの始まりとしては、宗教的意味合いを秘めた行為だったのだ。

それは、花を「立てる」という言葉のうちに、暗に示されている。

「立てる」という行為は、天地を結ぶこととされていて、柱を立てるのも同じ意味を持つ。故に、古事記などでも、世界を作るために最初に見立てられたのが、「天《あま》の御柱《みはしら》」なのだ。

だが、科学が発達した現在、自然を研究し、そこから読み取ったことを警告するのは科学者の役目となり、「陰陽師」などは、過去の遺物と成り果てた。まして、「華術師」など、本当にあったのかどうかもわからないようなものは、歴史の闇《やみ》に葬《ほうむ》り去られる運命にある。

実際、この家から女性がいなくなった今、本物の「華術師」は、確実に滅びようとしている。

それとも、彩人が結婚し、女の子が産まれたら、なにかが変わるのだろうか。彩人がこの家に留められたのは、そのためなのか。

どちらにせよ、彩人には、本来、「華術師」を担《にな》う資格はないはずなのに、どうしてか、立花真を通じて、彼のもとに花が届けられる。

そして、彩人は、よくわからないまま、その意味を必死で解き続けていた。

真が、続ける。

「ただ、みなさん、意外と熱心で、結構、歴史の本なんかを調べてくれたりしているみたいなんですよね。でも、どこにも書いてないらしくて、僕のところに問い合わせがくるというわけです」

「なるほど」

「しかも、たくさん」

「だろうね」

「仕事ができないくらいに」

次第に訴えかける口調になった相手に対し、彩人が冷やかに応じた。

「自業自得《じごうじとく》だよ」

「だ〜か〜ら、そんな冷たいことを言わずに、いっそのこと、センセイが、もうご自分が現代に生きる『華術師』であることを広く認めてしまって、エッセイの中ででもいいから、『華術師』とは……って説明してみてはどうかと思うんです」

「却下」

「何故？」

「だって、もし、僕が本当に『華術師』であったとしても、それは、決して喧伝《けんでん》するようなことではなく、むしろひっそりとあるべきことだから。なんといっても、『華術師』というのは、『陰陽師』なんかと違って官職でもなんでもなく、あくまでも、花の言葉を聞く能力を持つってだけで、時には、それを他人《ひと》のために役立てることはあっても、決して大っぴらにやるものではない。——そこだけは、譲れないよ」

「なるほどねえ」

　妙に感心したように応じた真が、納得する。

「それなら、仕方ないですね。読者の質問は無視するとして、これは個人的な興味なんですが、現代に生きる『華術師』として、センセイは、有平さんになにを告げたんですか？」

「有平さん？」

「はい。白ユリを渡しながら、なにか言ってましたよね？」

「――ああ」

思い出したように応じた彩人が、コーヒーに手を伸ばしながら、言う。

「秘密」

「え～、ケチ」

「大っぴらにやるものではないと言っただろう。人の話は、よく聞くものだよ」

「ふん」

不満げに鼻を鳴らした真が、つられたようにコーヒーに手を伸ばしながら、さらりと言ってのける。

「まあ、いいですけどね。――白ユリのお告げが『受胎告知』なのだとしたら、もしかして、僕も子供を授かるのかなあ」

とたん、コーヒーに口をつけかけていた彩人が、そのまま吹き出しそうになり、眉をひそめて真を見た。

どうやら、ちゃっかり、成美との会話を聞いていたらしい。

まさに、壁に耳ありだ。

だが、責めたところで、どうせ聞く耳を持たないと思った彩人は、それについては触れずに、訊く。

「子供を授かるって、君、誰かに白ユリをもらった？」

「もらったというか、天から降ってきたというか……」

「天？」

「……いや。正確には、棚からですかね」

牡丹餅《ぼたもち》か。

思う彩人の前で、真が言う。

「危うく、そのまま、便器に落ちるところでしたが」

「話が、よくわからないな」

そこで、真が、昨晩、駅のホームで起きた一件を話した。

美人が捨てようとしていたカサブランカの花束を貰《もら》い受け、それをタクシーで持って帰って、家で活けたこと――。

彩人が、「ふうん」とうなずいて納得する。

「まあ、女性でも、花に興味が無い人もいるだろう。『花より団子』なんて諺《ことわざ》もあるくらいだし」

「そうなんですかねえ。僕には、信じられませんが」

「案外、女性の一人暮らしには多いかもしれない。独身で働いていれば、家に帰ってくるのが遅くて、いちいち花の面倒なんてみていられないだろうし、そうなると、切り花は、臭《にお》いも出て、扱いに困るものだから」

「そうですけどねえ」

いちおう同調はするものの、真は納得していない様子だ。

そんな、希代の花好き男子はほうっておくことにして、彩人は、一人、静かにコーヒーの残りをすすった。

第二章　花が招いた不幸

1

有平成美《ありひらなるみ》が朝日の当たるキッチンで洗い物をしていると、ダイニングテーブルの椅子《いす》に座って新聞を読んでいた夫が、「そういえば」と唐突に言った。

「最近、お前、あのあと、シャワーを浴びなくなったたな」

スポンジでコップをこすっていた成美が、一瞬、手を止め、カウンター越しに夫を見る。

「そうですか？」

「ああ。自覚もないのか？」

「……ええ、まあ」

夫が失笑する。

「さすがに、お前も、うちの親からのプレッシャーが応《こた》えているのか。――まあ、結婚して、そろそろ三年になるしなあ。いい加減、子どもが出来てもいい頃だ」

スッと目を伏せた成美は、お湯を流して洗剤を洗い落す。

すっかり泡が落ちても、まだ足りないと言わんばかりに、彼女は執拗《しつよう》に洗剤を洗い流した。

以前、成美は、夫である淳平《じゅんぺい》との情事のあと、すぐさまベッドを出て、シャワーを浴びに行っていた。その行為に対し、淳平は、情緒がないとか、女のくせに、もっと余韻に浸ろうとは思わないのか——などと文句を言っていたが、それでも、成美は、止《や》めようとしなかった。

別に、すぐに体内を洗い流したからといって、必ずしも避妊につながるとは思っていなかったし、そんなつもりもなかったが、なぜか本能的に、成美は、自分の身体《からだ》から夫の痕跡《こんせき》を消そうとしていたのだ。

「べたべたして、気持ちが悪いから」

そう口にする成美に、淳平は呆《あき》れたような口調で返したものだ。

「お前、もしかして、潔癖症なんじゃないか？」

「そうかもしれない……」

そんな成美の行動の成果なのか。

それとも、単に、どちらかが子どもの出来にくい体質なのか。

病院で検査をしていないので、はっきりとした理由はわからないが、二人の間に子どもはなかなかできなかった。

最初は、焦《あせ》る必要はないと言っていた夫の両親も、今年に入ってからは、顔を合わせるたび、「そろそろ?」と圧力をかけるようになってきていて、先日などはついに、このままできないようなら、良い医者を紹介するとまで言われてしまい、成美はしだいに追いつめられていった。

子どもができない以前に、産みたくないと思っている自分。

それまで押し隠していた己の本心に気づいたのは、その頃である。

産みたくないと思う理由も——。

食器を洗い終えた成美が蛇口を止めていると、新聞をテーブルに置いた夫が、代わりに手に取ったスマートフォンでメールを確認し、眉《まゆ》をひそめてちょっと考える素振りを見せた。

それを横目に、成美は、窓辺に活《い》けられた白ユリのそばへと寄っていく。

風に揺れる白ユリは、昨日よりも瑞々《みずみず》しさを増している。

(マドンナ・リリー……)

ユリの花を愛《いと》おしげに見おろしながら自分のお腹《なか》に手を当てた彼女の背後で、テーブルを離れた夫が、短く告げる。

「今夜は、少し遅くなるかもしれない。——先に寝てていいから」

「──わかりました」

答えた彼女は、お腹から手を放すと、両手で花瓶を持ち上げ、水を替えるためにキッチンへ取って返した。

2

その夜。

繁華街を貫く夜の国道に、ドンと重い音が響いた。

次いで、猛スピードで走り去る車のエンジン音。

夜の闇《やみ》が、すぐにすべてを飲み込んだ。

それから十分ほどは、なにも起こらなかった。

ようやく一人の通行人が、道ばたに倒れている人間がいるのに気づいて警察に通報し、自然と人集《ひとだか》りができていく。

遠くで鳴り出したサイレン音が、徐々に近づいてくる。

最初のパトカーと救急車が相次いで現場に到着し、その後も続々と警察車両がやってきたため、周辺は騒然とし始める。

夜間照明がつけられ、機動隊の制服を着た警察官が現場検証に取りかかった。

そこへ、新しく、一台の覆面車が到着する。

助手席から降りたひょろりとした男に遅れ、運転席から降り立ったのは、端正な女性だ。

ほっそりと長い首。

白い肌。

白い手袋をしながら颯爽《さっそう》と歩く様子は、まさに「ユリの花」である。

二人とも、赤紫の腕章をつけているところからして、捜査にかり出された刑事なのだろう。

先に現場で作業をしていた鑑識課員が、ヌーボーと歩いてくる背の高い男の刑事に向かってぺこりと頭を下げた。

「ご苦労様です」

「轢《ひ》き逃げですかね?」

「はい」

遺体を見下ろしての会話に、あとから手を合わせた女性刑事も加わる。

「ガイシャの身元はわかりますか?」

「所持品から判断して、有平淳平、二十九歳。勤め先は、東京に本社のある食品会社で、部署は営業だったようです」

背の高い刑事が、ビニール袋に入った運転免許証や社員証を確認する横で、女性刑事のほうが、鑑識課員の手にした紙袋を指さして訊《き》いた。

「それは、なんですか？」

「ああ、これ」

応じながら、鑑識課員は紙袋を女性刑事の前に差しだす。

「これは、この被害者のそばに落ちていたもので、これから調べようと思っているんですけど」

身分証の入った袋を返した背の高い刑事が、尋ねる。

「袋の中身は、見ました？」

「ええ。中に入っているのは、宝石入れのような木の箱でしたよ。箱の中身はまだ確認していませんが」

「箱？」

男性刑事のほうがいぶかしげにつぶやき、女性刑事が確認する。

「見てもいいですか？」

「どうぞ」

了承を得たところで紙袋から箱を取り出した女性が、目の高さに持っていって感想を述べる。

「……へえ、きれい」

それは、一辺が十センチから十五センチくらいの長方形の箱で、色の違う木を組み合わせて描いた模様が浮き出ている。

「――こういうの、なんて言うんでしたっけ？」

「寄木細工《よせぎざいく》ですか？」

「ああ、そうそう」

鑑識課員の言葉にうなずき、女性刑事が付け足す。

「このあたりだと、箱根が有名ですよね？」

「そうですね」

「男が持つようなものではないから、女からのもらいものですかねえ」

背の高い刑事の言葉に、鑑識課員が別の可能性をあげる。

「あるいは、これから、誰かに渡そうとしていたかですね」

男たちの会話を聞いていた女性刑事が、女目線の意見を言う。

「でも、人にあげるなら――それも、異性に渡すものであれば、こんな風に剝《む》き出しのままということは、無いと思いますよ」

「なるほど」

納得した相棒が、死体を見おろしてつぶやく。

「……なんにせよ、女がいるな」

その横で、女性刑事が「う〜ん」と唸《うな》った。

「なんだ、朽木《くちき》？」

「ああ、いえ。この模様、とても変わっていると思って」

「模様？」

「はい。表面に図柄が描かれているんですけど、なんでしょうね、この模様。……まるで、迷路みたいな」

3

朝日の差し込むダイニングで、彩人が、ハムエッグとトーストを食べていると、コーヒーのポットを持って入ってきた八千代が、カップにコーヒーのおかわりを注ぎながら訊いた。

「昨夜は、ゆっくりとお休みになられましたか？」

「はい。八千代さんが、寝る前に用意してくれたハーブ・ティーのおかげで、ぐっすりと」

「それは、ようございました」

その言い方に含みを感じた彩人が、ナイフとフォークを動かす手を止めて訊く。

「もしかして、僕が寝ている間に、なにかありました？」

「はい」

恭《うやうや》しくうなずいた八千代が、教える。

「近くで轢き逃げがあったそうで、警察車両や救急車のサイレンが、一時、ひっきりなしに聞こえていました」

「へえ。ぜんぜん、気づきませんでした」

意外そうに応じた彩人が、食事を再開しながら訊き返す。

「……轢き逃げ？」

「はい」

決めつけているところからして、すでに、朝から近所に出向いて、情報収集してきたのだろう。

「しかも、亡《な》くなられたのは、有平様だそうです」

「え？」

一瞬、その名前が頭の中で認識できなかった彩人が、すぐに理解して驚きの声をあげる。

「まさか、有平って、成美さんの旦那《だんな》さん？」

「はい。残念なことでございます」

「そんな――」

絶句する彩人を気の毒そうに見やり、八千代が落ち着いた声で問う。

「そういえば、一昨日《おととい》、奥様がいらしてましたね？」

「ええ」

ナイフとフォークを置き、脱力したように椅子の背に寄りかかった彩人が、ぼんやりと答える。

「家の中を飾る花が欲しいと言うから、『マドンナ・リリー』を渡したんですけど……」

「もしや、例の？」

「そうです」

「――ちなみに」

控えめな態度で、八千代が尋ねる。

「彩人様は、なんとおっしゃって、あの花を有平様の奥方にお渡ししたのでしょう？」

「それが……」

彩人が、言いにくそうに告白する。

「人妻に渡す『マドンナ・リリー』といったら、これしかないという意味合いのことを伝えました」

「『受胎告知』ですか？」

「そうです。――まさか、それが、徒花《あだばな》になるなんて」

情けなさそうに首を振った彩人が、「まったく、しょうがないな」と自分自身に嫌気がさしたように吐き捨てる。

「やっぱり、僕には、たとえ真似事《まねごと》でも、『華術師』なんて繊細な役柄は、務まりそうにありません」

それに対し、特になにか言うでもなく、ただ労《いた》わるような視線を向けた八千代は、そのまま静かに礼をすると、部屋を出て行った。

4

（マドンナ・リリーか……）

その日の午後。

庭に出て花木の手入れを始めた彩人が、考え事をしながら手を動かしていると、ふいに、触れようとしたところの茂みがぱっくりと割れ、そこからズボッと人の頭が飛び出した。

ギョッとしてのけぞった彼の前で、その人物が能天気に挨拶《あいさつ》する。

「どうも〜！」

「……立花《たてはな》君」

驚きから回復した彩人が、呆れ返って、ヨーロッパの装飾にあるグリーンマンのようにあちこちに葉っぱをつけている相手をねめつける。

「君、そんなところで、なにをしているんだ？」

「もちろん、センセイを探していたんですよ。そうしたら、迷っちゃって」

説明しながらガサゴソと枝をかき分けて出て来ようとするが、動けば動くほど余計に絡《から》まるため、しまいには手足をばたつかせた。そのたびに、花びらが飛び散り、見かねた彩人が、手を伸ばしながら叱《しか》りつける。

「こらこら、暴れるんじゃない。庭が壊れる」

とたん、ピタリと動きを止めた真を、彩人がなんとか救い出す。

「まったく、枝が折れてしまったじゃないか。かわいそうに。——だいたい、僕を探していたって、呼び鈴を押せば、八千代さんが迎えに出てくれるだろう」

「でも、呼び鈴を押したら、センセイ、きっと、居留守を使って追い返そうとしたでしょう？」

「今からでも、追い返せるけど」

「またまた」

なにが、「まtまた」なのか。

冗談のつもりはなかったが、追い返しても、すぐにまた、どこからか湧《わ》いてきそうなので、彩人はひとまず諦《あきら》める。

「……思うに、君って、秋の落ち葉のような男だね。あるいは、春の桜か」

「その心は？」

「掃いても、掃いても、キリが無い」

「ああ、なるほど。粘り強いってことですか」

立花真は、あくまでも、ポジティブだ。

ため息をついた彩人が、問う。

「――それで、今日は、なんの用だい？」

「用と言うほどの用はありませんけど、そろそろお腹も空《す》いてきたことだし」

「またかい。言っておくけど、うちは、社員食堂じゃないよ。それに、お昼ならもう食べたし」

すると、残念そうに真が続ける。

「……原稿の進み具合もチェックしないと」

彩人が、眉をひそめて言い返す。

「原稿、原稿って、そんなに急《せ》かさなくても、締め切りまで、まだ日はあるだろう」

「そうですけど、センセイ、目を離すと、こんな風にすぐサボるから」

「別にサボっているわけじゃない。仕事には優先順位というものがあって、僕にとって、原稿は庭木の手入れのあとだからね。――そもそも、君、ここに来る以外に、仕事はないのかい？」

「ありますよ」

「それなら、仕事をしなさい。こんなところで、油を売ってないで」

「油は売っていませんけど、情報なら持ってます」

「情報？」

彩人が、胡散《うさん》臭そうに訊き返す。

「情報ってなんの？」

すると、幾分真面目《まじめ》な顔つきになった真が、訃報《ふほう》を告げた。

「有平さんの旦那さんが、亡くなったそうです。――しかも、轢き逃げなんだとかって」

いったい、どこからそんな情報を仕入れてくるのか。

だが、すでに八千代から聞いていた彩人は、枝の剪定《せんてい》に戻りながら言う。

「知っているよ」

「え？　本当に？」

気抜けした真に、彩人が当たり前のように返す。

「そりゃ、そうだろう。近所なんだから。――むしろ、君こそ、どうして、そんなことを」

だが、その時、いつの間にかそばに立っていた八千代が、「彩人様」と静かに声をかけてきたため、二人の会話は中断する。

「どうしました、八千代さん」

「表に、警察の方がいらしています」

「警察？」

眉をひそめた彩人が、つい真と目を合わせてしまってから、視線を戻して応じる。

「警察が、また、なんの用で……？」

「それは、伺っておりませんが、午前中から、昨夜の轢き逃げの件で近所の聞き込みにまわっているようでしたので、あるいは、その件でいらしたのかもしれません」

「なるほど」

うなずいた彩人に、八千代が確認する。

「お会いになりますか？」

「もちろんです。誰かさん相手と違って、こんな時に居留守を使ったところで、いわれのない疑いをかけられるだけですから」

そこで、近道である木戸をくぐり抜ける彩人のあとを、真も当たり前のようにくっついていく。

警察と聞いて、てっきり制服姿のお巡りさんがいると思っていたら、玄関脇《わき》の小部屋で彩人を待っていたのは、意外にも女性だった。

花に興味がないのか、座らず、こちらに背を向けて立っているが、その後ろ姿はすっきりときれいで、まさに「ユリの花」と形容するのが相応《ふさわ》しい。少なくとも、背中美人であるのは、間違いなかった。

「お待たせしてすみません」

彩人が、ポーチのほうから声をかけると、驚いたように振り返った女性と目が合った。

背中だけでなく、正面も、文句なく美人だ。

一瞬、言葉につまった彩人が、自己紹介しようと口を開きかけたところで、うしろをついてきていた真が、「あ！」と大声をあげた。

「便器の局《つぼね》！」

5

突然の大声に、何事かと振り返った彩人と、怒ったように柳眉《りゅうび》をつり上げた女性刑事が、同時に真を見た。

　二人から咎《とが》めるような視線を浴びせられた真が、「あ、いや」と両手をあげてあやまる。

「すみません。大声をあげて」

「本当だよ。だいたい、君は――」

　言いかける彩人を遮って、真が説明する。

「でも、センセイ。このひと、あの人なんですよ」

「どの人？」

「だから、あの人ですよ。この前、話したでしょう。駅で、花束を捨てようとしていた女性がいるって」

「……ああ」

　ひとまず納得した彩人から視線をそらし、真は、今度は、おっかない顔で自分を見ている女性刑事に向かって話しかける。

「僕のこと、覚えていませんか？」

　片眉を動かした相手が、そっけなく訊き返した。

「どこかでお会いしましたっけ？」

「ええ。数日前になりますけど」

「取調室で？」

「横浜駅のホームですね」

「横浜駅のホーム？」

しばし考え込んだ女性刑事が、「ああ！」と合点した。

「思い出した。お花好きの」

「そうです。その『お花好きの』好青年です」

彼女が言ってないことまで勝手に付け足して、真が続ける。

「その節はどうも。貴女《あなた》、刑事さんだったんですね」

「ええ、まあ」

そこで、女性刑事は、二人の会話を黙って見ている彩人に視線を戻し、挨拶した。

「ご挨拶が遅れましたが、鎌倉署の朽木と申します」

「朽木？」

示された身分証をチラッと見た彩人が、「朽ちた木に、英子《ふさこ》……」とつぶやいて、マジマジと相手の美貌《びぼう》を見つめる。

朽木が、首をかしげて尋ねた。

「私の名前が、なにか？」

「……いいえ。ただ、面白い名前だと思いまして」

「面白い？」

身分証をしまいながら、朽木が意外そうに続ける。

「それは、初めて言われました。珍しいというのは、よく言われるんですけど」

「そうでしょうね。——花は、お嫌いですか？」

「別に、嫌いじゃないですよ」

「でも、立花君の話では、花束を捨てようとしていたそうですが」

「あれは、単に、邪魔だったから。家に持って帰っても、腐らせるだけだし。……たぶん、好き嫌い以前に、興味がないんでしょうね」

「興味がない？」

「ええ。花のある環境に育たなかったからでしょう」

説明した朽木が、少し遅れて「……たてはな？」と意外そうに繰り返し、真のほうに視線をやった。

そこで、真が自己紹介する。

「ああ、ようやく、僕を見てくれましたね。首がとぐろを巻くくらい長くお待ちしていましたよ。——どうも、立花真です。『立花』と書いて、『たてはな』って読むんですけど」

「つまり、花好きな男の名前が、『立花』というわけですか」

「そうなりますね。花嫌いの『朽木』に花好きの『立花』。――うん。案外、いいコンビになるかもしれません。――ということで、どうでしょう。僕とお付き合いするというのは？」

それに対し、黙殺という形で答えた朽木が、逆に問う。

「それより、一つ、貴方《あなた》にお訊きしてもいいですか？」

「もちろんですよ。なんだろう。生年月日かな。それとも、スリーサイズ？」

だが、真の甘い期待を裏切り、朽木は淡々と尋ねた。

「『便器の局』って？」

「――あ？」

その場で硬直した真からスッと視線をそらし、朽木が彩人に向き直って確認する。

「それで、貴方が、この家に住む……えっと、宮……？」

「宮籠《みやこもり》です」

「みやこもり、さん」

読み方がわからなかった朽木が、「失礼しました」と謝ってから、来訪の趣旨を述べた。

「お時間を取らせて、すみません。もうご存知とは思いますが、昨晩、この近くで轢き逃げがありまして、その捜査のためにご近所をまわっていたのですけど、こちらの家の門のところに気になるものを見つけたものですから」

「気になるもの？」

「はい」

「なんでしょう？」

だが、そこへ、八千代がお茶を運んできたので、会話は、一旦《いったん》途切れた。音もなく入って来た八千代は、朽木と彩人の前には湯呑茶碗《ゆのみぢゃわん》だけを置き、そのあとなぜか、真の前に、お茶と一緒におにぎりとたくあんを乗せた小さな盆を差しだした。

どうやら、真が空腹であることを知っていたらしい。

その配慮に、飼い主に懐《なつ》くゴールデンレトリバーのような目で八千代を見あげた真が、合掌し、早速おにぎりをほおばる。

その一幕をもの珍しげに眺めていた朽木が、八千代の姿が消えたところで、コホンと咳払《せきばら》いし、「それで」と質問を再開しようとした。だが、完全に気が逸《そ》れていたせいで、すぐには思い出せない。

「ええっと、……あら、なんだったかしら」

パクパクとご機嫌でおにぎりをたいらげる真を呆れたように眺めて彩人が、どうでもよさそうに助け船を出す。

「うちの門のところに、気になるものを見つけたとかって」

「ああ、そうでした。すみません。――そうそう、こちらの表門のところに、変わった模様の石が置いてありますよね？」

「石？」

朽木に視線を戻し、彩人が確認する。

「迷宮図のことですか？」

「迷宮図？」

「ええ。曲がりくねった線が描かれたやつですけど……」

「ああ、そうです、そうです」

うなずいた朽木が、改めて口にする。

「あれ、迷宮図なんですか？」

「はい。正確に言うと、『クレタ型迷宮図』です」

迷宮というと三次元構造の建物を連想しがちだが、「迷宮図」というのは、どちらかといえば、一般に考えられる迷路の図に近い。イメージとしては、ほぼ、同じものと考えていいだろう。

入り口があって、線と線の間を通る、あの迷路の図だ。

朽木が訊く。

「クレタというと、ギリシャの？」

「はい」

「それって、もしかして、クノッソスの迷宮のことですか？」

その一瞬、朽木の瞳《ひとみ》があどけなく輝いた。

朽木は、歴史はそれほど得意ではなかったが、小学生の頃、社会科の教科書でそんな名前を目にして、ひそかにときめいたのを覚えている。ミステリー好きである彼女にとって、「迷宮」という響きは、なんともワクワクするものがあったのだ。

だが、彩人からは、もう少し複雑な説明が返ってくる。

「『クレタ』といえば、『クノッソスの迷宮』であるのは間違いありませんが、この場合の『クレタ型』と言うのは、中世の教会写本に描かれた迷宮図の分類で、七重の周回構造を持つものを言います。それに対し、十一重の周回路を持つものを、オトフリート型、さらに、十一重で十字架が描かれるのをシャルトル型と言っていますが、古代の迷宮図が中世ヨーロッパへ伝播《でんぱ》していく過程で、クノッソスの硬貨に描かれた迷宮図などが媒体としてあげられ、且《か》つ、初期の段階のものが殆《ほとん》どクレタ型であることを考えれば、当然、クレタ型が、『クノッソスの迷宮』を意識してそう名付けられたものと考えていいと思います。――もっとも、『クノッソスの迷宮』が、今でいう『迷宮』の形をしていたかどうか、未《いま》だ立証されてはいませんが」

「……はあ」

流暢《りゅうちょう》に説明した彩人だったが、相手の反応がいまひとつであるのを見て取り、それ以上の説明は無しにして、要点を尋ねた。

「――まあ、細かい話はともかく、あれが、どうかしましたか？」

「あ、いえ。実は、被害者の持ち物の中に、あれに似たデザインの施された木の箱があったものですから、こちらとなにか関係があるのではないかと思いまして、お伺いしました」

「迷宮図の書かれた木の箱？」

「ええ。それで、ご近所だし、もしかして、サークルとか何か、そんなような集まりで使っているマークなのかと――」

「なるほど、そういうことですか」

彩人が、小さく口元をひきあげて応じる。

「でも、だとしたら、残念ですが、関係ないと思いますよ。あれは、僕がイギリスに留学していた時に、現地で購入したものですから」

「イギリス？」

意外そうにくり返した朽木が、確認する。

「イギリスにいらしたんですか？」

「そうです。以前、ガーデニングの勉強に」

答えた彩人が続ける。

「先ほども言ったように、ヨーロッパでは、あの手の迷宮図は比較的ポピュラーなもので、カントリーハウスやマナーハウスといった邸宅の庭や公園、あるいは、古い遺跡などで見かけます。ただ、厳密に言うと、それらが迷宮図としてあったのか、新石器時代、地中海沿岸から北ヨーロッパにかけて見られた『カップ・アンド・リング・マークス』であったのかは、それほど意識して詳細に見てきたわけではないので、わかりませんが」

「『カップ・アンド・リング・マークス』?」

聞き慣れない言葉を朽木が繰り返したので、彩人がわかりやすい例えに変換する。

「いわば豊饒《ほうじょう》儀礼の表象ですね。五月柱《メイポール》とか、東洋でいうところの『リンガ』なんかと同じような意味合いのものです。日本だと、道祖神がそれに近いのかな」

「ああ」

朽木は、それで理解したらしいが、要するに、生命を産み出す性行為の神聖さを象徴したものである。

朽木が、訊く。

「迷宮図のことは、今の話である程度わかりましたが、それが、こちらの家とどう関係するのかが、わかりません。――ただの飾りですか?」

彩人が苦笑する。

「たしかに、ただの飾りと言われてしまえば、それまでですが、一応、意味があって置いてあります」

「どんな意味ですか？」

「この家は、昔から、このあたりに住む人たちに『花の迷宮』と呼ばれているんです」

「へえ。それは、また、なんともきれいな呼び名ですね」

「ありがとうございます」

「でも、何故《なぜ》『迷宮』だなんて……」

どこか納得がいかなそうに言った朽木に対し、彩人が手で窓の外を指し示しながら答えた。

「それは、もちろん、この庭のせいですよ」

すると、そこに至って初めて気づいたかのように、朽木が「あら」と驚きの声をあげて、庭を眺める。

「なんてきれいなお庭。見渡す限り、花だらけなんですね」

そのあまりに遅い反応に、彩人が、横でおにぎりを食べ終わり、のんびりとお茶をすすっていた真と顔を見合わせた。どうやら、さきほど彼女が言っていた「花に興味がない」というのは、本当のことらしい。なんといっても、人間は、興味のないものは目に入らないという便利な生き物だからだ。

彩人が、説明を続ける。

「ここから見ただけだとわかりづらいのですが、実は、この庭が、『クレタ型迷宮』を成しているんですよ」

「え？」

朽木が、びっくりしたように彩人を振り返った。

「――本当ですか？」

「本当です」

「どういう風に？」

「どういうって……」

彩人が、手を動かしながら説明する。

「例の迷宮図を考えれば一目瞭然《りょうぜん》ですが、要するに、入り口から、ずっと渦巻き状に蛇行する道が続いていて、それが、この家を七重に取り囲んでいるんです」

「ということは、もしかして、この家屋は、迷宮の真ん中の部分にあるということですか？」

「その通りです。察しがいいですね」

彩人の褒め言葉は聞き流し、朽木が訝《いぶか》しげに首をかしげる。

「でも、私、門からここまで案内された時、ほぼ真《ま》っ直《す》ぐに来ましたけど……」

「それは、小路《こみち》のところどころに設けられた木戸を通り抜けてきたからでしょう。当たり前ですが、毎回毎回、蛇行する小路をえんえん歩いて外に出ていたのでは、生活するのが困難になりますから」

「なるほど」

納得した朽木が、現実の事件に戻って、言う。

「それなら、被害者が持っていた木の箱について、宮籠さんは、何も思い当たることはないと？」

「――それは」

そこで、彩人が意味ありげに間を置いたので、顔をあげ、刑事らしく目を光らせた朽木が問いかける。

「もしかして、心当たりがおありですか？」

彩人が、尚《なお》もためらう素振りを見せてから、答えた。

「おっしゃる通り、まったくないわけではありませんが、そのことが、関係者に与える影響を考えると、あまり軽々しく口にしたくない気がします」

「――というと？」

探るような視線にさらされ、彩人が戸惑いながら言い訳する。

「つまり、どうして有平さんがそれを持っていたのか、僕には分らないし、ただ、偶然持っていただけで、そこになんら作為はないのかもしれないわけで、それを、僕なんかが、さも意味があるように言うのは憚《はばか》られるということです」

あくまでも、慎重な態度を崩さない彩人に、朽木は辛抱強く「そうですね」と相槌《あいづち》を打って説得する。

「もちろん、わかっていますよ。こちらも、いたずらに引っ掻《か》き回すことはせず、轢き逃げ事件に関係があるのかどうかを、慎重に判断しますから」

それでも、まだしばらくためらってから、彩人が言う。

「……まあ、それなら一応お話ししますが、箱というのが、気になっています。——というのも、迷宮図の描かれた箱というのは、十五世紀頃のヨーロッパにおいて、貴族などの間で流行《はや》ったとされる『ミンネの箱』である可能性があるからです」

「……『ミンネの箱』？」

「はい。中世からルネッサンスにかけて、迷宮は、ヨーロッパの富裕層や知識人の間で好んで使用されるようになり、それまでの表象としての図像から、寓意《ぐうい》としての意味合いを持つまでになります」

「寓意……ですか」

「ええ。迷宮が暗示する事柄の一つに、『秘密』があげられるわけですが、それは、迷宮というものが、本来、怪物《ミノタウロス》を閉じこめるために造られた閉塞《へいそく》的な建造物であり、そこから派生して、真実が幾重にも塞《ふさ》がれて隠された場所としてとらえられるようになり、ひいては、隠したものを秘密裏に保持するという意味合いを持つことで、相手にも、そのものへの沈黙を強いるという符牒《ふちょう》になっていくのです」

「沈黙を強いる……」

「そうです。また、それとは別に、その頃、迷宮をさまよう姿は――この場合、多くは行き止まりの通路を持つ迷路へと変容していたりもするのですが――、結婚へと至るまでの男女の恋愛に似ているため、男女の恋愛を暗示するものとして迷宮の寓意画が数多く描かれました。そして、『ミンネの箱』は、その両方を兼ね備えたものとして出てくるわけです」

首をかしげた朽木が、ストレートに訊く。

「つまり、どういうことでしょう？」

「だから、『ミンネの箱』は、『その愛について沈黙を強いる』という意味を持つアイテムとなり、そこには、恋愛に関する秘密が隠されているとみなしていいといえるわけです」

眉間《みけん》にしわを寄せて聞いていた朽木が、彩人が口を閉ざしたところで、「それって、もしかして」と尋ねた。

「被害者が、浮気をしていたということでしょうか?」

「まさか」

彩人が、言下に否定して言い直す。

「僕は、そんなこと、一言も言っていませんよ。他人様《ひとさま》のプライバシーを、こんないい加減な推測で決めつける気はありませんから、そこは、絶対に勘違いなさらないでください。――ただ、もし、有平淳平さんが、本当に『ミンネの箱』をお持ちだったのだとしたら」

そこで、かすかに表情を翳《かげ》らせた彩人が、残念そうに結論づける。

「彼は、なんらかの秘密を抱えていた可能性がある――、ということは言えるかもしれません」

6

翌日。

まだ午前中のうちから慌《あわ》ただしく、彩人の元を、叔母である仙堂橙子《とうこ》が訪れた。

「彩人! 彩人、いるんでしょう! 出てらっしゃい!」

まるで突進するイノシシのごとく、返事も聞かずに書斎にずかずかと入ってきた橙子を、彩人が驚いて迎える。

「……ど、どうしたんですか、叔母さん、そんなに急いで」

だが、急いでいても、「オバサン」という響きには敏感であるらしい橙子が、きれいに描かれた柳眉をつり上げて睨《にら》んできたので、彩人は「……失礼」と謝り、とってつけたように言い直す。

「どうしたんですか、橙子さん」

続柄で呼びかけるとそうなるのだからいいだろうに……と、彩人なんかはつい思ってしまうのだが、微妙なお年頃である叔母は、どうにも、「叔母さん」というその呼び方が気に入らないらしい。

実際、橙子は、大学生の息子が二人もいるとは思えないほど活力に満ちている。

あるいは、その逆で、二人の息子を女手一つで育ててあげたからこそ、五十路《いそじ》を過ぎても、若々しくしていられるのか。

美醜はさておき、健康的でつややかな肌のおかげで年より若くみられがちだが、さすが、全国展開するフラワーショップと華道教室の経営者であれば、その貫禄《かんろく》は並みじゃない。

彼女を前にすると、誰もがつい、意味もなく両手をあげて降参してしまう。

彩人が、続けた。

「だいたい、八千代さんはどうしたんです？　案内に出て来ませんでしたか？」

彩人に会いに来た客は、基本、執事のような役割を担《にな》う八千代が取り次ぐはずである。

だが、たまに彼の目をかいくぐって、直接、彩人のところにやってくる人間がいた。

主に、この叔母と立花真だ。

叔母がうそぶく。

「知らない。どっか、その辺でお茶でも飲んでんじゃないの？　――だいたい、そんなもったいぶらなくても、彩人。あんた、どうせ、ヒマなんでしょう」

「……ヒマそうに見えます？」

訊き返しながら、念のため、作業中のパソコンが見えるように身体《からだ》をずらすが、都合のいいものしか見ようとしない叔母の目には、映らないようだ。

「見えるわね。ヒマすぎて死ぬんじゃないかってくらい、ヒマそうに見えるわよ」

「……じゃあ、そういうことにしておきましょう」

逆らったところで時間の無駄である相手に逆らうほど、彩人もバカではない。逆らわずに「それで？」と会話を進める。

「ヒマな僕に、なにをしろと？　――まさか、また、どこかの教室で、お稽古《けいこ》の代行でもさせる気ですか？」

「いいえ。それは、今度ね。今は、葬儀屋の手伝いをしてもらうわ」

「……葬儀屋？」

意外な名称をあげられ、彩人がびっくりして訊き返す。

「葬儀屋って、叔母――橙子さん、そっちまで手を広げているんですか？」

「違うわよ。そうじゃなく、うちのお教室の生徒さんに、有平成美という人がいるんだけど、そのご主人が亡くなって、近々、葬儀がおこなわれるの。日にちが確定していないのは、御遺体が、まだ警察にあるからよ。……なんでも、検死をおこなっているんだとか」

「――ああ。有平さんのことなら知ってますよ。そのことで、ここに警察がきましたし」

「へえ」

意外そうに応じた橙子が、井戸端会議のテンションで声をひそめる。

「轢き逃げなんでしょう？――気の毒に」

「そうですね」

「犯人の目星はついたのかしら？」

「まだだと思います」

答えた彩人が、「だけど」と続ける。

「そのことと葬儀屋の手伝いが、どう関係するんです？」

「それが、実は、私、有平さんのご実家とは古いお付き合いでね、あちらの奥様が——ああ、えっと、この場合は……ん〜、ややこしいわね……、淳平君のお母様っていえばいいのか。こういうのって、誰を基準に話すかで、ぜんぜん関係性が違ってくるでしょう？……この前なんて、それで、大変なことに」

どうでもいいことで脱線しかける叔母を、彩人が引き戻す。

「橙子さん、淳平さんのお母様が、どうしたんです？」

「ああ、そうそう。……えっと、奥様が、今朝早くに私の家を訪ねていらして、息子さんの葬儀の花飾りをやって欲しいと依頼してきたのよ」

「へえ」

「ただ、私、教会の葬儀の花飾りは何度か取り仕切ったことがあるんだけど、お坊さんが来るようなのは初めてでねえ。珍しく戸惑っている上に、来月、京都の二条城で大きな展示会があって、その準備で、現在、おおわらわなのよ」

「それは、お気の毒に」

「でしょう。彩人なら、きっと、そう言ってくれると思ったわ」

彼としては、何の意味もない相槌のつもりだったが、同意を得たものと都合よく解釈し、嬉《うれ》しそうに両手でがっしりと彩人の肩をつかんだ叔母が、「だからね」と懇願と命令が一緒くたになった調子でのたまった。

「悪いけど、彩人、手伝ってちょうだい」

「有平さんの葬儀の花飾りを……ですか？」

「もちろん、当日の飾りつけは、私が仕切るけど、その前の、仕入れのことや搬入の段取りなんかを受け持って欲しいの」

「つまり、裏方ですね」

「ええ。――あと、伝書バト」

「伝書バト？」

当たり前だが、言われたことの意味がわからなかった彩人が繰り返すと、叔母が指を振って「要するに」と説明する。

「連絡係よ。葬儀屋と私の橋渡し役ってこと」

「……なるほど」

気乗りしないままに頷《うなず》いた彩人が、念の為《ため》、確認する。

「ちなみに、僕に、拒否権はないんですよね？」

「ない」

言い切った橙子が、なんの相談もないうちから勝手に予定を告げる。

「それで、早速だけど、今日の午後、葬儀屋に出向いて打ち合わせをしてきて欲しいのよ。これ、相手の名刺ね。ここからなら、タクシーで十分くらいよ。ただし、この前みたいに領収書をもらい損なったら、一銭たりとも支払わないから。――わかった？」

彩人が、肩をすくめて名刺を受け取る。

その時になって、ようやく八千代がお茶を持って姿を現わし、それぞれの前に置きながら、橙子に言った。

「いらっしゃいませ、橙子様。ご来訪時に気づかず、申し訳ありませんでした。どうやら、呼び鈴が壊れているようで」

「そうね。よく点検したほうがいいわよ」

「かしこまりました」

鳴らしてもいない呼び鈴で、よくもまあ、ここまで白々とした会話ができるものだと感心しながら彩人がお茶をすすっていると、同じようにお茶をすすった橙子が、茶碗を茶卓に戻しながら、言う。

「だけど、こうなってくると、ちょっと困ったものよね、有平さんも」

彩人が、首をかしげて訊き返す。叔母が言った「有平さん」が、有平の実家をさすのか、息子夫婦のどちらかをさすのか、彩人にはわからなかったからだ。

「有平さんって、どの『有平さん』のことですか？」

「お嫁さん」

つまり、成美のことである。

たしかにややこしいと思いながら、彩人が訊き返す。

「成美さんが、どうかしました？」

「どうしたもこうしたも」

いわくありげにちらっと彩人に流し目をくれた橙子が、椅子《いす》の背にもたれかかり、午前中の清々《すがすが》しい風が吹く庭園に視線を移して続ける。

「私、見ちゃったのよね」

「見ちゃったって、何を？」

「成美さんが、浮気しているところ」

「浮気？」

その単語がうまく有平成美と結びつかなかった彩人が、ややあって、声を大きくする。

「そんな、まさか！」

「残念ながら、『まさか』じゃないのよ」

橙子は、彩人に視線を戻し、ひそひそ話をするために身を乗り出した。

「今から三か月くらい前の話だけど、横浜駅西口にあるホテルのロビーで、有平さんが、淳平君ではない男性と寄りそうようにしてエレベーターに乗るところを、見てしまったの。昼間だったけど、あれは、完全に、そういう雰囲気だったわよ。少なくとも、とても意味深だった」

彩人が、眉《まゆ》をひそめて言い返す。

「だけど、それだけでは、まだ浮気と断言はできませんよ。もしかしたら、古い友人かなにかで、ホテルの上階でランチをしただけかもしれないじゃないですか。あそこの鉄板焼きのステーキランチは安くて美味《おい》しいと、主婦に人気だそうですから」

橙子がうなずく。

「知ってる。よく行くもの。……まあ、私もそう考えようとして、今の今まで、誰にも話さなかったんだけど、ご主人である淳平君が亡《な》くなったとなると、俄然《がぜん》、あの時のことが気になってくるわけよ」

「……それは、たしかにそうですが」

それでも、まだ受け入れる気のない彩人に、橙子が好奇心一杯の声で告げた。

「それに、もし、今回の轢《ひ》き逃げがただの事故ではなく、だれかの計画的な犯行であった場合、奥さんである成美さんが関係してくる可能性だって、十分あり得るわけでしょう?」

「え、いや、さすがにそれは……」

彩人はとっさに否定するが、残念ながら、それはなんの根拠もない、すぐに覆《くつがえ》されてしまいそうな弱い否定にしかならなかった。

7

お坊さんのあげる読経《どきょう》の声が、焼香の匂《にお》いとともに、受付近くに立っている彩人のところまで流れてきた。深みのある、なかなかいい声だ。

梅雨明け宣言はまだ出されていないが、夏を思わせる暑い一日——。

有平淳平の葬儀は、定刻通り、しめやかに、且つ、壮麗に始まった。

どうやら、故人は、彩人が思っていた以上に資産家の息子であったらしく、葬儀場は仰々しさに包まれている。

その場を飾る花も、菊だけでなく、ユリやカラー、スイートピー、アマリリス、アガパンサス、金魚草、さらに「永遠に続く愛」という花言葉を持つストックなど、白い花をふんだんに使い、さらに、枝物にコデマリやカルミアなどを入れ、上品で華やかなものに仕上っていたが、そこには、それに見合うだけの人数の弔問客が訪れていた。

ただし、顔触れを見る限り、故人を偲《しの》ぶというより、あくまでも、息子に先立たれた父親を見舞う人間が多いようで、見渡す限りほとんどが、場慣れした身なりの立派な壮年から老齢の男性や女性だ。

そこに、ポツリ、ポツリと、着慣れない喪服姿の若者が交じっていて、そちらは一様に、悲しみに暮れつつ、振る舞いがわからずにオロオロしている。

関係者として腕章をつけた彩人も、すらりとした身体に喪服をまとっているが、もともと端整で禁欲的《ストイック》な面差しをしているだけに、その姿には近寄りがたい雰囲気があり、迷える弔問客の誰も、彼に案内を請《こ》おうとしない。

例外は、ただ一人。

立花真だけは、やけに明るく見えてしまう喪服姿で、いつものごとく「センセイ、センセ〜イ、どこですか〜?」と呼びながら、人混みをかき分けて近づいてきた。

(明るい……)

眉をひそめた彩人は、一瞬、他人の振りをしようと思ったが、そうすると、おそらくもっとひどいことになると思い直して、疎《うと》ましそうに手招いた。

「——立花君。こっち」

「やあ、センセイ。見つかってよかった」

無邪気に駆け寄ってきた男を見おろし、彩人が疲れたように言う。

「『よかった』じゃないだろう。まったく、なにを考えているんだ。こんな場所で、あんな能天気な声を出すなんて」

「すみません。でも、アヤシイんですよ」

「アヤシイって、なにが?」

「ほら、あそこ」

真は受付に並ぶ列のうしろのほうを指さして、告げた。

「便器の局《つぼね》が、います」

「便器の局？」

ついつられて、その身も蓋《ふた》もない呼称を繰り返した彩人が振り返ると、たしかに、少し離れたところに朽木刑事の麗《うるわ》しい姿が見えた。彼女は、会場内を見まわしたあと、こちらに気づいて静かに頭をさげる。

それに応じ、息がピッタリという形で、彩人と真が同時に頭をさげていた。

さげながら、真が言う。

「ね、アヤシイでしょう」

「――さあ、どうだか。単純に、関係した事件の被害者に弔意を表しに来ただけかもしれない」

「そんなヒマな人たちですかねえ」

真の予測通り、彩人が焼香をすませて外に出ると、会場の外で朽木刑事が、物陰に隠れるようにして成美と話している姿があった。おそらく、捜査の進捗《しんちょく》状況でも話しているのだろう。

気になりつつ通り過ぎようとした彩人の腕を、うしろから出てきた真がガシッとつかみ、グイグイと成美たちのほうに引っ張っていく。

「ちょっと、なにをしているんだ、立花君」

「し。黙って」

朽木たちの方を見ながら口に指を立てて黙らせ、真は彩人にささやいた。

「センセイだって、二人が何を話しているか、知りたいでしょう?」

「だからって、立ち聞きは――」

だが、その時、物陰に立つ女性二人の声が聞こえてきたため、彩人は、とっさに口をつぐむ。

悲しいかな、人間というのは、好奇心に勝てない生き物らしい。

そのことを実感しながら、彩人は聞き耳を立てた。

「……愛人ですか?」

成美の声だ。

「いえ」

答えた朽木が、続ける。

「まだ確定したわけではありませんが、亡くなる直前、ご主人が女性と会っていたらしいことが、周辺への聞き込みでわかりました。――それについて、奥様は、なにかご存知ではありませんか?」

「ええ。知りません。――本当に、夫が浮気を？」

「ですから、それは、まだわかりません。目撃情報があるだけなので、ただのお知り合いという可能性もあります。ご主人が、誰かに恨まれるようなことは？」

「なかったと思いますが、会社でのことは、私にはわかりません。うちでは、仕事の話はしなかったものですから」

「そうですか」

彩人のところからは見えないが、その瞬間、朽木の目が、刑事のまなざしで成美を観察しているのが想像できた。

そんな女性二人は、傍から見ると、とても対照的といえるだろう。

同じ白ユリでも、片や楚々《そそ》とした奥ゆかしさが強調され、もう片方は、その凛々《りり》しさと清廉さが際立《きわだ》っている。まさに、「マドンナ・リリー」と「カサブランカ・リリー」の対決といった感じだ。

「……あの」と成美が、不審げに尋ねた。

「夫は、ただの轢き逃げではないんですか？」

「まだ、犯人の目星がついていないため、なんともお答えできません。ただ、タイヤ痕《こん》が少々異質で、不慮の事故による轢き逃げと断定できずにいるため、計画的な殺人も視野に入れて捜査してます」

「……計画的？」

「ええ」

「つまり、夫を狙《ねら》っての犯行ということですか？」

「そうですね」

とたん、盗み聞きしている真が興奮して肘《ひじ》で脇腹《わきばら》をトンと突いてきたので、彩人は眉をひそめて、能天気な編集者を睨んだ。

なにを喜んでいるのやら——。

不謹慎も甚だしい。

朽木が訊く。

「ちなみに、お二人はどこで知り合われたのでしょう？」

「幼馴染《なじ》みです。——もっとも、交流は殆《ほとん》どありませんでしたけど。私、小学校からずっと、女子ばっかりの私立学校だったし」

「それなら、ご主人と親密な付き合いになったのは？」

「大学を卒業してからです。——というより、親密な付き合いというのはなく、親の勧めでお見合いしました」

「お二人は、お見合い結婚なんですか？」

「もともと顔見知りではあったので、厳密には違いますが、それに近いのではないかと思います」

「なるほど」

大きくうなずいた朽木の声音が、一瞬、羨《うらや》ましげに聞こえたのは、彩人の思い過ごしだろうか。

朽木が、続ける。

「では、これまでに、ご主人が、どなたかと問題を起こしたことはありますか？」

「それは、浮気ということですか？」

「それもありますが、他にも、誰かとケンカをしたとか、もめたとか、要するに恨まれるようなことですが」

「……恨み、ですか」

そこで、考えるように間を置いた成美が、答える。

「私の知る限り、特になかったと思います。体裁を気にする人なので、揉《も》め事は、極力避けて通ったはずです」

「そうですか。……それなら、奥様から見て、ご主人はどういう方でした？」

「そうですね。長男のせいか、両親の期待を一身に背負っていて、あまり感情を表に出さない人でした。たぶん、要求されたことには、応《こた》えないといけないと思っていたんでしょうね。口数はあまり多くありませんでしたが、プライドは、人一倍高かったのではないかと思います。少しわがままで、欲しいものは、手に入れないと気が済まないようなところもありました」

「……意外と、辛口ですね？」

「そうでしょうか」

どこか皮肉気な口調になった成美が、「夫婦なんて」とはき捨てる。

「そんなものだと思いますよ。……刑事さん、ご結婚は？」

「いえ。してません」

その瞬間、ふたたび真が肘で彩人の脇腹を、今度は二回も突いてくる。今回は、なに に喜んだのかは明白で、彩人は呆《あき》れたように小さく天を仰いだ。

その間も、朽木の尋問は続く。

「ご主人はプライドが高いということでしたが、どのような時に、そういう風にお感じになられたのでしょう」

それに対し、また考え込むような間が空いて、成美が答えた。

「例えば、ホームパーティなど、人が大勢いるところで、下手に彼の間違いを指摘しようものなら、ものすごく不機嫌になって、あとでケンカになったことが何度もありました。それに、たぶん、完璧《かんぺき》主義者なのでしょうけど、自分の経歴などに傷がつくのをひどく嫌がっていたように思います」

「それなら、完璧主義というより、ナルシズムに近い気もしますが？」

「ああ、そうかもしれません。ゲームなんかでも、途中で失敗すると、そのゲームを立て直すより、始めから全部やり直すほうを好みます。リセットボタンがあるようなものは、ちょっとの間違いでも、必ずリセットしてました」

「リセットねえ……」

そうつぶやいたあと、少し間を置いた朽木が、別の方面の質問をする。

「それはそうと、ご主人の持ち物の中に、このような箱があったのですが、奥様はご覧になったことは？」

写真を見せられたと思《おぼ》しき成美が、ややあって答える。

「初めて見ました。……これを、夫が持っていたのですか？」

「はい。――それと、箱の中から、こんな写真が出てきましたが、こちらの男性に見覚えは？」

とたん。

成美が、小さく息を呑むのがわかった。

心配になった彩人がこっそりのぞくと、真っ青になった成美が、口元を押さえている姿が見えた。

（顔色が、悪い……）

眉をひそめて見つめる彩人の目の先で、朽木が淡々と続ける。

「ちなみに、写真の裏には、こんな走り書きがしてあったのですが」

ひっくり返された写真にチラッと目を走らせた成美の様子が、おかしかった。喉元《のどもと》が引きつり、やがて白目を剝《む》く。

（まずい――――）

思った彩人が物陰から飛び出すのと、成美の身体が崩れ落ちるのが、ほぼ同時だった。それでも、辛うじて彩人の動きが早かったようで、転倒する寸前に、華奢《きゃしゃ》な身体を腕に抱え込むことができた。

間一髪。

腕の中の成美が、苦しそうな声で訴える。

「……気持ちが……悪い」

「そのようですね。少し休みましょう。歩けますか？」

尋ねながら顔をあげた彩人は、遅れて近づいてきた真を顎《あご》で使う。

「立花君、だれか、家の人を呼んで」

「了解《ラジャー》」

真が跳ねるように駆け去ったが、呼びに行くまでもなく、受付にいた親族が異変に気づき、真と入れ替わるようにすっ飛んできた。

彩人が成美のことを彼らの手に預けていると、そばを離れる一瞬、成美がボツリとつぶやいた。

「……私、産んでもいいのかな」

「――それは」

だが、訊《き》き返そうとした彩人の言葉は、まわりで慌ただしく動く親戚《しんせき》たちにはばまれ、途中で飲み込まれる。

ついに気を失ったらしい彼女の身体が、親族の手で運び去られた。

その姿をもの思わしげに見送っていると、彩人の背後で朽木が口をひらく。

「……あの、すみませんでした」

「謝るなら、彼女に謝ってください」

「そうですね。後日、お詫《わ》びにあがります」

潔《いさぎよ》い口調。

朽木英子は、その魅力的な容姿を差っ引いても、好感の持てる刑事だ。

彩人が、口調を和らげて応じる。

「もっとも、彼女、今、本調子ではないので、しかたなかったと思いますよ。刑事さんが思うほどには、刑事さんのせいではないでしょう。それでも、半分くらいは刑事さんのせいなんですけど、それが仕事だから仕方ない」

それに対し、肩をすくめた朽木が、確認する。

「彼女、本調子ではないんですか？」

「ええ」

「それは、夫の死のショックとは別に？」

「まあ、そうですね」

認めた彩人だが、それ以上余計なことは言わずに、足元に落ちていた写真を拾いあげる。

その動きを目で追った朽木が、彩人の腕にある腕章に気付いて、「それ」と尋ねた。

「もしかして、宮籠さん、葬儀の関係者なんですか？」

「あ、はい」

朽木が見ている腕章に自分も目をやった彩人が、事情を簡潔に説明する。

「会場の花飾りを手伝っているんです。もっとも、僕は、搬入や撤収が主で、飾りつけを行ったのは、叔母と叔母の門下生ですけど」

「なるほど」

うなずいた朽木が、さりげなく情報を付け加える。

「宮籠さんは、生け花の大家である『花月流』の一族でいらっしゃいますものね」

「ええ」

応じた彩人が、手にした写真を差しだしながら、「ところで」と訊く。

「写真にあるこれ、もしかして、例の現場に残されていたという箱ですか？」

そこには、表面にモザイク模様の迷宮図が描かれた、美しい寄木細工の箱が写っている。

受け取りながら、チラッと目を走らせた朽木がうなずく。

「そうです」

「見事な寄木細工ですね」

「たしかに」

同意した朽木が、ついでとばかり尋ねた。

「ちなみに、これって、例の『ミンネの箱』だと思いますか？」

「おそらく、そうだと思います。――ああ、いや」

顎に手をやって考え込んだ彩人が、自分の推測を補強する。

「というより、これぞまさに、『ミンネの箱』に相応《ふさわ》しいと言えそうですね。なんといっても、寄木細工といえば――」

その時、遠くで彩人を呼ぶ大声が響いた。

「彩人！　そんなところでサボってないで、とっととこっちに来て、手伝ってちょうだい！」

轟《とど》くような怒鳴り声に、助けを求める不甲斐《ふがい》ない声が続く。

「センセ〜イ、助けて〜！　ヘルプ！」

怒鳴り声の主は、もちろん叔母である仙堂橙子で、助けを求めているのは、おそらく、橙子につかまってこき使われる羽目になった立花真だろう。

ため息をついた彩人が、もの憂《う》げに言った。

「すみません、もう行かないと。お話は、また今度」

朽木にも状況が理解できたらしく「わかりました」とうなずくと、あっさり踵《きびす》を返した。

第三章　花の迷宮

1

数日後。

横浜駅東口。

帰宅ラッシュをとっくに過ぎた時刻になっても人は減らず、特に、地下道などは、雨を避けて移動する人たちでとても混雑していた。

立ち並ぶ飲食店。

地下道と繋《つな》がる数々のビルにもたくさんの店が入っていて、週末を控えた金曜の夜は、それなりに活気にあふれている。

その中の一つ。

名物の焼売《シューマイ》が食べられるので有名な居酒屋で、立花真《たてはなまこと》は、華道教室の仲間を前にして乾杯の音頭《おんど》を取っていた。

「かんぱ〜い」

「おつかれさま〜」

「う〜ん。この一口が、サイコー」

一気にグラスの中身を飲み干した女性が、空のコップを振りながら言う。

「タチバナく〜ん。お代わり頼んで〜！」

「はいは〜い。タテハナですけど、承りましたぁ」

「あ、タチバナく〜ん。こっちもね」

「タテハナですけど、了解で〜す」

真以外全員働く女性、いわゆる「キャリア・ウーマン」で、仕事以外でも自分磨きを怠らない上昇志向の人たちであれば、一人しかいない男は、ただの召使いでしかない。ゆえに、先ほどから、真は、働き蜂《ばち》のようにあちらの花からこちらの花へと、蜜《みつ》ならぬアルコール飲料を配ってまわっている。

途中、さすがに「なんなんだろうなあ」と自問するが、それでも、「タチバナさ〜ん」と呼ばれると、「タチバナ」でもないのに、つい「はいは〜い」と明るく応じてしまうのだった。

もう、こうなると性分としか、言いようがない。

「タチバナさ〜ん。ワイン、頼んで」

「あ、それと、グラス、六つ――いや、七つかな」

「了解。タテハナも飲むので、ワイン二本とグラス十個頼みますねえ」

店員を呼びつけてオーダーし、戻ってきたところで、また呼ばれる。

「立花さん」

「ほ〜い。タチバナですけど、なんでしょう……ん？　タチバナ？　タテハナ？」

いつもの流れで言ったものの、気がつけば逆転していて、首をかしげて立ちどまった真のズボンの裾《すそ》を、すぐそばに座っている女性がクイクイと引っ張った。

「立花さん、呼んだのは私、私。ほら、座って少し落ち着いたら？　さっきから、まともに食べてないでしょう」

正しく名前を呼んで気を遣ってくれたのは、キャリア・ウーマンの群れの中にあって、一人、浮世離れした雰囲気を醸《かも》し出す園田《そのだ》まなみだった。山手に住む生粋《きっすい》のお嬢様で、悠々自適にピアノの先生かなにかをしているはずだ。

「園田さん、来ていたんですね」

「ええ、たまにはね」

「大歓迎です！」

「あら、お世辞でも嬉《うれ》しい」

お皿に取り分けた摘《つま》みを真の前に置きながら、園田まなみが言う。

「それにしても、立花さんって、相変わらず人が好《い》いですね」

「ああ、どうも、すみません」と礼を述べて、受けとった皿に箸《はし》をつけつつ、真が訊《き》き返す。

「え、僕、そんなに人が好いですか？」

「ええ。あんな風に名前を呼び間違える人たちなんて、放っておけばいいのに」

「あ〜、でも、ほら。別に、あの人たちに悪気はないですから」

「やっぱり人が好い」

クスクス笑いながら真のコップにビールを注ぎ足し、彼女は「それはそうと」と話題を変えた。

「立花さん、成美《なるみ》の旦那《だんな》様の葬儀に来ていましたよね？」

「成美って、有平《ありひら》さん？」

「そう」

「ええ、行きました」

ビールを飲みながら応じた真は、そこで、「あれ？」と訊き返す。

「ということは、園田さんも？」

「もちろん、行きましたよ。成美とは、大学のサークル仲間だったから」

「へえ、そうなんですか」

「ええ。ここのお教室には、成美に誘われて来るようになって――。あ、大学時代の写真ありますけど、見ます？」

「あ、はい」

そこで、園田まなみがスマートフォンを取り出し、大量にある写真の中から、湖の桟橋のようなところで、水着姿の若者が大勢写っている集合写真を選びだす。

「これです。こっちが私で、こっちが成美」

「おお、水着だ！　若い！」

真が喜んでいると、すぐそばにいた女性が振り返り、「なになに、なんの写真？」と言って身を乗り出してきた。

「大学時代の写真です。私と、こっちが成美」

「あ、可愛《かわい》い～」

「二人とも、スタイルいい！」

「特に、有平さん、やっぱり、昔からきれいだったのね」

園田まなみがチラッと文句有り気な流し目をくれる。正直者はバカを見る――ではないだろうが、女性同士の会話というのは、とても繊細であるということを、真はその一幕で改めて知った。

ちなみに、今、話題にあがっている有平成美は、今日は教室のほうにも来ていなかった。まだ喪に服しているので当然であるが、やはり、いないとなると噂《うわさ》になりやすい。

「有平さんといえば、旦那さん、亡《な》くなったんでしょう？」

「事故だって聞いたけど」

「轢《ひ》き逃げされたんだって」

「え、ひどい！」

「本当に？」

「って、聞いたけど。――そうだよね、園田さん？」

確認され、「そう」と頷《うなず》いた園田まなみが、食べ物をつつきながら、「それにしても」と意味深に告げる。

「成美も可哀《かわい》そうにねえ。付き合った人が、二人も死ぬなんて……」

とたん、写真を見ながらまわりで盛りあがっていた仲間たちが、一気に彼女に注目する。

「二人？」

「ええ」

「他にも、有平さん、身近な人を亡くされているの？」

「そう。大学時代に、ちょうどこの――」

注目されるのを待っていたかのように、どこか得意げな顔になって話し出そうとした園田まなみであったが、その時、入口の方で活力に満ち満ちた声が響いたため、中断される。

「や〜、遅れてごめんなさい。みんな、飲んでる？」

入って来たのは、堂々としたオーラをまとった仙堂橙子《せんどうとうこ》だ。

忙しい身であれば、なかなか教室の飲み会に参加することはなかったが、今日は顔を出してくれるというので、いつもより集まりがよくなっていた。

「あ、橙子先生」

「先生。お待ちしてました」

「こちらに、どうぞ」

「タチバナくん、注文！」

呼ばれて、条件反射で立ちあがった真を見て、橙子が「あら」とニコニコ顔で寄ってくる。真と橙子は、華道教室の先生と生徒という関係以前に、雑誌の寄稿者と編集者という間柄であり、親しさが他の人と違う。

「立花くんも、来てたのね」

「はい。――先生、なにを飲みます？」

「そうねえ」

考えた橙子が、すぐに片手をあげ、通りかかった店員に大声で直接注文する。

「すみませ〜ん。私、生ビール。ジョッキで」

それから、真の隣に座って、渡されたおしぼりで手を拭《ふ》きながら訊く。

「それで、なんの話で盛り上がっていたの？」

「それが、先生、見てください」

そばにいた女性が、園田まなみのスマートフォンを差しだして教える。

「これ、園田さんと有平さんの大学時代の写真ですって。――有平さんなんて、モデルさんみたいだと思いませんか？」

「あら、ホント。すごくきれい。――いいわねえ。さぞかしモテたでしょう」

それに対し、当時のことを知っている園田まなみが、答える。

「そうですね。いちおう、サークルの『マドンナ』でしたから。本当に、尋常じゃないくらいのモテ方でしたよ」

褒めてはいるが、言葉の裏に潜む微妙な乙女心のようなものを感じ取った橙子が、

「いや、でも」と慰める。

「園田さんは園田さんで、とても魅力的よね。可愛らしくて」

「そうですか？」

「ええ」

頷きながら写真を見ていた橙子が、「あら」と声をあげる。

「この人」

おしぼりを置いた手で写真の中の一人を指さし、続ける。

「私、三か月くらい前に、この人と有平さんが一緒にいるところを見たわよ。でも、そうか。大学時代のお友達だったのねえ。私ったら、てっきり――」

だが、橙子が指さした場所を覗《のぞ》き込んだ園田まなみが、「え、ヤダ！」と大きな声をあげたので、とっさに口をつぐんだ。

園田まなみが恐怖に引きつったような声で言う。

「先生。変なことを言うの、やめてください」

「変なこと？――私、そんなに変なことを言った？」

すると、その場にいた仲間の一人が、眉《まゆ》をひそめて咎《とが》めた。

「なによ、園田さん。先生に対して」

「ホント。そもそも、お話の途中で大声を出すなんて、失礼じゃない？」

「あ〜、私はいいのよ。それより、変なことって――」

だが、当人はよくても、先生を慕って集まっている人たちは無礼を許す気はないようで、そのあとも四方から責められ、園田まなみが、ひとまず謝る。

「ごめんなさい」

「いいのよ。それより、変なこと――」

「でも、絶対にあり得ないから」

注意されたそばから、再び橙子の言葉を遮って断言した彼女の、恐怖におののいたような表情。

橙子と顔を見あわせた真が、先に訊いた。

「あり得ないって、園田さん、どういう意味ですか？」

遅れて、橙子が続く。

「うん。私も、それが知りたい。あと、変なことっていうのも」

二人の言葉に対し、「だって」と薄気味悪そうに写真を見おろした園田まなみが、驚くべき事実を告げた。

「先生が指さしたその人が、さっき言おうとした、すでに亡くなっている成美の以前の恋人だから」

「亡くなっている？」

繰り返した真が、「それは」と尋ねる。

「どういうことですか？」

「だから、さっき、その話をしようとしたのだけど、彼——室井《むろい》幸介《こうすけ》は、大学時代の成美の恋人で、この写真を撮った直後に、湖で溺《おぼ》れて亡くなっているの」

「え、そうなんだ？」

「湖で溺れてって、そっちも事故なの？」

「うわ、悲惨」

「有平さん、かわいそう！」

事実を受け入れ、成美に同情する声が相次ぐ中――。

「そんなバカな！」

声をあげた橙子が、もう一度写真に目をやり、指を振って否定する。

「そんなはずないわよ。だって、私、この目ではっきり見たもの。有平さんが、この男性と一緒にいるところを。――この私が、人を見間違えるなんて」

そこで、一呼吸置いて、続ける。

「それこそ、あり得ない」

妙な自信をにじませて断言する橙子。

そんな彼女に対し、誰もなにも言い返せずにいると、橙子の性格をある程度わかっている真が、チラッと写真を見おろして、静かに一つの見解を告げた。

「ということは、つまり」

「つまり？」

「先生は、亡霊を見たということになりますね」

2

「亡霊？」

土曜日の昼過ぎ。

花盛りの紫陽花《あじさい》がポーチのまわりを彩《いろど》る宮籠《みやこもり》邸の食堂で、八千代《やちよ》が用意してくれた遅めの朝食兼昼食《ブランチ》を口に運んでいた彩人《あやひと》は、バカバカしそうに訊き返した。

「叔母さんが、亡霊を見たというのかい？」

「そうなんですよ。びっくりでしょう？」

珍奇な情報をもたらしたのは、もちろん、前夜の飲み会に参加し、今は彩人の朝食兼昼食のおこぼれに与《あずか》っている立花真だ。

週末の午前中というプライベート感満載の時間帯に、「センセ〜イ」とこちらの事情も考えずにやってきて、惰眠をむさぼっていた彩人を叩《たた》き起こした挙句、仏頂面《ぶっちょうづら》で降りてきた彼の前で、ちゃっかり食卓についていた真である。

寝ぼけ眼の彩人には、その姿は、一瞬、尻尾《しっぽ》をぶんぶん振ったゴールデンレトリバーに見えたものだ。

だいたい、客人を取り次ぐはずの八千代は、なにをやっていたのか。

勝手にズカズカとあがらせた上に、なんの断りもないうちから、真の分の食事も用意している。御庭番を務める忍者のごとき隙《すき》のなさを持つ古株の八千代であるが、真に対してだけは、どうにも防御が甘い。

口をへの字に曲げたまま、彩人が答える。

「たしかにびっくりだけどねえ。僕にしてみれば、君がここにいて、普通にご飯を食べていることのほうが、びっくりだよ」

ねちねちと嫌味を言うが、それでも機嫌が直らないらしく、ついには、彼の前にトーストの皿を置く八千代にまで文句を言う。

「そもそも、八千代さん。なぜ、毎度毎度、僕が知らないうちに、彼の分の食事まで用意しているんです?」

「おや。そうでしたか」

「そうですよ」

「それは申し訳ありませんでした。今朝方、立花様からのお電話で、ブランチがてらの打ち合わせをすることになっていると承りましたもので」

しらっとして答えた八千代が、首をかしげて問う。

「違いましたか?」

「うん」

うなずいた彩人が、ふてくされた顔で付け足した。

「願わくは、次から、僕の予定は、僕に確認してくれませんかね?」

「承知しました」

軽くお辞儀をして応じた八千代が、二人の話に口をはさんだ。

「それにしても、珍しいですね」

「なにがですか?」

「いえ、橙子様は、あんな感じではありますが、お仕事柄、お顔を覚えるのは、人一倍お得意であると存じ上げておりましたが、その橙子様が、見間違いをなさったのでしょうか?」

トーストをかじっていた彩人が、「まあ」と応じる。

「叔母さんだって、人間であれば、間違えることくらいあるでしょう」

だが、そこで、サラダを頬張った真が、「ひひゃひひゃ」とおかしな言葉で異議を唱えた。たぶん「いやいや」と言ったつもりだろう。

食べ物を飲み込んで続ける。

「間違えたとは限りませんよ、センセイ」

「それなら、なんだというんだ。——まさか、本当に亡霊を見たとでも?」

「そうです」

「バカか、君は」

「でも、夏は幽霊の季節だし、ちょっとフライング気味ではありますが、出てきておかしいというほどでもありません」

「亡霊に季節は関係ないだろう。怪談物じゃあるまいし」

彩人が突っ込むものの、真はまったく聞いていない様子だ。パクパクと食事をしながら、続ける。

「……となると、旦那さんを轢いた車というのも、その亡霊が運転していたのかもしれませんね。う～ん、オソロしい。車といえば、昔、怖い話がありましたよね。たしか、無人の車が、次々と人をはねたとかって。――なんてまあ、それはそれとして、有平さんの旦那さんが、本当に亡霊に取り殺されたのだとしたら、大変ですよ。このまま放っておくわけにもいきません」

「なぜ？」

「それは、ホラー映画などに従えば、これを皮切りに、次々に人が取り殺されてしまうからです。もちろん、僕たちだって危ない。だから、そうならないためにも、ここは、是が非でもセンセイになんとかしていただかないと」

そこに至って、彩人が、食べる手を止めて真を見た。

「――なんで、僕？」

「そりゃ、『華術師』だからですよ。ここぞという時に活躍しなくて、どこで活躍する気ですか？」

本気で言っているのか。

それとも、ただ、からかっているだけか。

どっちであれ、人をバカにした発言に、彩人が眉をひそめた。

「立花君。悪いけど、僕が『華術師』であったとしても、『華術師』は、『拝み屋』ではないよ」

「へえ。じゃあ、『なに屋』なんです？」

「なに屋って……」

とっさにまともに取り合ってしまった彩人が、ちょっと考えてから答える。

「強いていえば、『花屋』だろうね。花を扱っているのだから」

「そうですか。——まあ、たしかに、それだと、ちょっと亡霊退治はできそうにないですねえ」

やっぱり、からかっているだけのようだ。

げんなりした彩人が、話の向きを変えるために言う。

「……一応訊くけど、叔母さんが見たという亡霊は、けっきょく、誰の亡霊だったんだい？」

「有平さんの昔の恋人だそうです」

「昔の恋人？」

意外そうに繰り返した彩人が、「もしかして」と確認する。

「叔母さんが、その人を見たというのは、三か月前の話？」

「そうだったかな？」

覚束《おぼつか》なげに首をかしげた真が、「たぶん」と答える。

「そうだったように思います。……覚えていませんが、でも、なんで、そんなことが気になるんです？」

「ああ、いや、別に」

言葉を濁して、彩人は花盛りの紫陽花へと視線を移した。

（亡霊ねえ……）

もし、亡霊がいたとして、それが昔の恋人の亡霊であれば、成美は、亡霊と知った上で会ったことになる。

だが、何故《なぜ》、亡霊に会おうなどと思ったのか。

（それに――）

考え込む彼の前で、真が相変わらず好き勝手に話す。

「でも、亡霊になっちゃうなんて、その昔の恋人さんは、この世によっぽど未練があったんでしょうかねえ。——それとも、恨みとか？」

　考えただけでゾッとしたのか、「あ～、やだやだ」と自分で自分の言葉に合いの手を入れた真が、続ける。

「なんにせよ、湖で溺れ死んだのなら、地縛霊《じばくれい》ですよね。なのに、轢き逃げ。……う～ん、そうかあ、知らなかった。地縛霊って、車の運転ができるんだ。そうなってくると、地縛霊と浮遊霊《ふゆうれい》の違いってなんなんだろう？」

　能天気な編集者が、訳のわからないことで悩んでいるのを聞き流しながら、彩人はさらに考えを進める。

　百歩譲って、もし、真の言うことが事実であったとしても、亡霊が、元恋人である有平成美に会いに来たのはわかるが、何故、夫である淳平を殺す必要があったのだろう。

（自分の愛する女性と結婚しているから——？）

　だが、自分が亡霊である以上、愛する女性を幸せにしてくれている男を、恨んだりするものだろうか。

（それとも）

　彩人は思う。

（有平成美は、幸せではない——？）

　その一瞬、彩人の頭をよぎった言葉。

私、産んでもいいのかな……。

すると――。
すっかり自分の考えに浸り込んでいた彩人に対し、トーストを口いっぱいに頰張っていた真が、「ところで、センセイ」とついでのように訊いた。
「原稿のほうは、進んでます？」

3

真を追い出したあと、一人、庭に出た彩人だったが、庭木の手入れは完全にそっちのけで、ただ花の迷宮を歩いていた。

私、産んでもいいのかな……。

ついさっき思い出した言葉が、頭から離れない。
その言葉には、成美のどんな想《おも》いが込められていたのか。

（夫を亡くした妻の不安……？）

それとも、なにか、彼女には出産をためらうような理由でもあるのだろうか。

彩人は、どうしても、その答えを見つけないといけない気がした。それは、図らずも真が冗談で言ったこととも一致する。

そりゃ、『華術師』だからですよ。

真は、彩人を前にしてそう言った。

ここぞという時に活躍しなくて、どこで活躍する気ですか？

もちろん、真は、その話を、亡霊退治という現実にあり得ない設定でしていたわけだが、見方を変えれば、ある意味、真実をついている言葉だった。

なんといっても、ここは華術師の庭で、花の迷宮は、この庭の花が教える真実を導き出すためにあるからだ。

というのも、迷宮が、本来、怪物《ミノタウロス》を隠すために造られたものだとしても、迷宮図は、あくまでも一本道で、そこを通ることで真実に辿《たど》り着くという意味合いを持つ図像なのだ。近年、迷路として描かれるものが行き止まりを持つのと、そこが大きく違うところである。

そして、迷宮図を元にした花の迷宮は、華術師に、その先にある真実を見極めさせるために造られた。ゆえに、華術師たる者、一度迷宮に足を踏み入れたら、真実を見出《みいだ》すまで歩き続けなければならない。

彩人の場合、厳密には「華術師」ではなかったが、彼のもとに、迷宮から花が届けられる限り、それを必要としている人のためにも、そこにある真実を見極め、花からのメッセージを届けなければならない。

それが、宮籠家を継ぐと決めた彩人の使命である。

そこで、彩人はひたすら考え続けた。

(私、産んでもいいのかな……か)

女性は、どういう時に、そんな想いを抱くのだろうか。

男である彩人にはまったく想像できないが、おそらく、金銭面など現実生活を続ける上での不安というより、自分の中になにか迷いがある時に出てくる言葉のような気がしてならない。

成美は、なにを迷っているのだろう。

思い悩みながら歩いていると、鼻先をフッと涼やかな香りがかすめた。それがみるみるうちに広がって、あたり一面に、花の香りが立ち込める。

その圧倒的な匂《にお》い――。

（……眩暈《めまい》がしそうだ）

むせ返るような香りに頭がくらくらしてくる中、ふと足元を見れば、そこに、美しい白ユリの群生があった。

どれも大振りだが、花弁の開きかけた姿が慎ましやかで品格のあるユリだ。

「マドンナ・リリー」

彩人がつぶやく。

「こんなところに咲いていたんだ……」

と――。

気づけば、足元だけでなく、彩人を取り巻くように、空間が白ユリで埋め尽くされていた。

今や、花の迷宮は、すっかり白ユリで覆《おお》い尽くされてしまったらしい。

それは、なんとも幻想的な風景だ。

まるで、夢うつつの境に落ちてしまったかのような――。

白ユリの中に立つ彩人は、腕をのばして近くの花をとっくりと眺める。

「マドンナ・リリー」は、ユリの中でも育ちにくく、伝染病にかかると、その群生を壊滅させてしまうため、栽培には注意が必要である。それでも、西洋などでは、聖母の花として昔から愛されてきた。

(受胎告知か)

彩人は、夢幻の空間で「マドンナ・リリー」について、思い浮かぶことを徒然《つれづれ》に考えてみた。

(受胎告知の花。告知天使であるガブリエル。祝福された聖母マリア)

ふと顔をあげて、彼はつぶやく。

「聖母マリア……?」

その瞬間、白ユリの幻想が、彼のまわりからかき消える。

現実に残されたのは、彼と彼の足元に咲く群生だけであったが、彩人は気にせず、独白を続ける。

「亡霊。妊娠。ためらい――」

ややあって、腕を解《ほど》いた彩人が、言う。

「――ああ、もしかして、そういうことなのか?」

足早に迷宮を抜けた彩人を、午後のお茶の準備をしながら、八千代が待っていた。自然な流れでテーブルについた彩人の前に、花の香りのする紅茶を注ぎ、八千代がたずねる。

「もしや、なにか、ひらめくことでもございましたか?」

どうやら、彩人の表情を読み取ったらしい。なんでも見ていて、なんでも知っている男である。

彩人は、紅茶に口をつけながら答えた。

「まあ、そうですね。『マドンナ・リリー』の意味について、ちょっとだけ」

「そうですか」

うなずいてから、八千代が、『マドンナ・リリー』といえば」と続ける。

「先ほど、買い物に出た先で、成美様のご実家のお母様にお会いしましたが、成美様は、どうやら葬儀の日以来、床に伏しているそうです」

「成美さんが?」

「はい。――もし、ご懐妊の見立てが当たっていたとしたら、少々、心配でございますね」

「たしかに」

お茶を飲み終わった彩人が、ほとんど席も温まらないうちに立ちあがると、くるりと踵《きびす》を返して告げた。

「すみませんが、ちょっと出かけてきます」

八千代が、その後ろ姿に向かって心得たように助言する。

「成美様のところにいらっしゃるのでしたら、適当にお花を見つくろってお持ちになると、喜ばれると思いますよ」

足を止めて振り向いた彩人の前に、八千代が花鋏《はなばさみ》を差しだす。

「どうぞ」

「どうも」

受けとった彩人が、少々辟易《へきえき》した口調で付け足した。

「――いつものことながら、すべてに於《お》いて行き届いていますね」

その言葉に込められたわずかな嫌味を含め、八千代は丸ごと慇懃《いんぎん》に受け止める。

「お褒めいただき、光栄にございます」

4

有平成美の家は、鎌倉駅から十五分ほど歩いた閑静な住宅街にあった。

インターフォンを押すと、母親らしい人物が出てきて、名乗った彩人を懐《なつ》かしそうに迎える。

「まあ、宮籠さんのところのお坊ちゃんじゃないですか。しばらく見ない間に、すっかりご立派になられて」

聞けば、成美の実家は、宮籠家とは祖母の代から付き合いがあるそうで、そう聞いた彩人も、両親と妹の葬儀の時に、挨拶《あいさつ》をした記憶が蘇《よみがえ》った。

「――ああ、その節は、お世話になりました」

「そんな。何もできなかったし、ご両親と結花《ゆいか》ちゃんのことは、本当に残念でしたよねえ」

しんみりしたところで、母親が「とにかくまあ、おあがりになって」と彩人を中に招き入れた。

通されたのは、きれいに片づけられた応接間で、サイドテーブルには、例の「マドンナ・リリー」が満開に咲いている。清らかな香りに、ほんのりとお焼香の匂いが混じっていた。

「てきとうにおかけになってください。私、娘の様子を見てきますね。一応、昨日今日は、起きて、ご飯なんかも食べているんですよ」

ソファーに座った彩人が、手持無沙汰《ぶさた》に室内を見まわしていると、しばらくして応接間のドアがひらき、成美が姿を現わした。

立ち上がった彩人に、成美が微笑《ほほえ》みかける。

「こんにちは、先生」

「どうも、お邪魔しています」

「わざわざお見舞いに来てくださるなんて……。なんか、あんなみっともないところをお見せした上に、申し訳ありません」

「いや」

うながされて座り直しながら、彩人が訊く。

「身体《からだ》のほうは、大丈夫なんですか？」

「ええ。実家から母が来て色々と世話してくれたので、もうすっかり」

「それはよかった。――ああ、これ、気持ちばかりですが、元気になってくれるといいと思って、摘み取ったばかりの花を持ってきました」

「まあ、きれい！」

嬉しそうに顔をほころばせた成美が、明るい声で母親を呼ぶ。

「おかあさん。見て。これ、先生がくださったの！」

すると、リチャード・ジノリのティーカップに紅茶を淹《い》れて運んできた母親が、「まああ」とお盆をテーブルの上に置きながら礼を言う。

「お気遣いいただいて、すみません。私もこの子も、お花が大好きなので、嬉しいです。――私が活《い》けちゃっていいのかしら？」

あとの言葉は娘に向かっての確認で、成美が、「ええ」とうなずく。

「頼んでいい？」

「もちろんよ。――それで、お花活けたら、お母さん、お夕飯の買い物に行ってきちゃうから」

「わかった」

親子で気さくな会話をしたあと、母親が彩人に向かって言う。

「彩人さん、ゆっくりしていってくださいね」

母親の姿が見えなくなったところで、彩人が訊く。

「生活のほうも、少しは落ち着かれましたか？」

「そうですね。――もっとも、まだ、あまり実感がない感じで」

「まあ、そうでしょうね」

夫が亡くなって、まだ間もない。

彩人は、できる限り刺激しないように気をつけながら、話を進めた。

「実は、今日、こちらに伺ったのは、お見舞いもそうですが、成美さんに確認したいことがあってのことなんです」

「確認したいこと？」

「ええ」

そこで、チラッと成美のお腹《なか》に目をやって、続ける。

「――お腹のお子さんのことなんですが」

とたん、紅茶茶碗《ちゃわん》を持とうとしていた彼女の手が食器にぶつかり、カチャッと小さな音を立てた。

成美が、彩人を見る。

「子どもが、どうかしましたか?」

「いいえ。この前、成美さん、意識を失う前におっしゃっていましたね。——私、産んでもいいのかなって」

指摘され、成美が下を向いて唇を噛《か》む。

つい、口にしてしまったことを後悔しているのか。

それとも、秘めたる想いが、こうして他人に伝わったことへの覚悟を己に促しているのか。

黙ったままの成美を前にして、彩人が続ける。

「気になってしまって、あれからずっと、その意味を考えているんです」

成美が顔をあげて、不思議そうに訊き返す。

「——なぜ、先生が?」

「さあ」

小さく肩をすくめ、彩人は答えた。

「たぶん、『マドンナ・リリー』のせいでしょうね。あれを手渡したことで、なにか成美さんに伝えなくてはならないことがあるはずなのに、それがなにかわからず、僕も戸惑っているんです」

「ということは」

成美が、少し興味を惹《ひ》かれたように尋ねた。

「やっぱり、妊娠のこと以外に、私に伝えたいことがあるんですか？」

「おそらく」

「それは、もちろん、華術師として……ですよね？」

その一瞬、悪戯《いたずら》っ子のように微笑んだ成美に対し、彩人が困惑したように軽く眉をひそめる。

「華術師……」

「ええ。母から聞いています。宮籠家は、華術師の末裔《まつえい》だと」

それには、彩人のほうが苦笑するしかない。

「そう言われると、僕は『華術師』ではないとしか言いようがないのですが、それでも、宮籠家の人間として、花を通じてなにか伝えられることがあるなら、それはなにをおいても伝える必要があると思っています。『マドンナ・リリー』の話に戻ると、なにもなければ、それ以上の意味はなかったのでしょうが、こうして淳平さんがお亡くなりになり、貴女《あなた》が、妊娠を後悔している素振りを見せるのであれば、やはり、なにか別の意味があるとしか思えません。――そこで、お訊きしたいのが」

　わずかに間を置いて、彩人は単刀直入に切り込んだ。

「お腹の子どもの父親は、だれかということです」

　ギクリとした成美が、視線をそらし悩ましげに目を伏せた。

「……なんで、そんなこと」

「それは、色々考えた末、もしかしたら、淳平さんの子どもではないかもしれないと思ったからです」

「失礼ですね」

　キッと上目づかいに彩人を睨《にら》み、発言を咎めた成美。

　それも当然で、彩人も重々自覚している。

「不躾《ぶしつけ》なのは、わかっています。でも、今、大切なのは、成美さん自身の想いであって、その子が淳平さんの子どもではないと考えると、あの時、成美さんが倒れたのもわかるし、つぶやいた言葉の意味も納得がいきます」

「…………」

　しばらく黙りこんでいた成美が、ややあって言う。

「――もしかして、警察の方になにか訊かれましたか？」

「警察？」

意表をつかれた彩人が、訊き返す。

「ということは、成美さんこそ、警察になにか言われたんですか？」

「言われたというより、写真を見せられました。ご丁寧にも『真実を見よ』と添え書きされた写真を――」

そこで、合点のいった彩人がうなずく。

「ああ。もしかして、葬儀の日に朽木刑事に見せられていた写真ですか？」

「ええ」

「ちなみに、あの写真には、どなたが写っていたんでしょう？」

「元カレです」

潔《いさぎよ》いほどあっさり答え、成美が続けた。

「室井幸介といって、大学時代に付き合っていました。――きっと警察は、あのいわくありげな写真を夫が持っていたということで、夫の死が、私の浮気に関係していると考えるはずです」

投げやりに言われた推測に対し、彩人が「もしかして」と尋ねた。

「成美さんは、淳平さんの死に責任を感じているのですか？」

「……おかしいですか？」

「いえ。事情を考えれば、それも仕方ないのでしょうが、でも、別に、淳平さんは自殺したわけではないし、成美さんが責任を感じる必要はないと思いますよ」

「そう。自殺じゃなければ――です」

そこで、ブルッと震えた成美が、疲れたように続ける。

「本当に、そうであって欲しいと思っています。もっとも、写真に気を取られてあの人が事故にあったのなら、あまり変わらないとは思いますけど、少なくとも、私は、こんな結末は予想していませんでした」

居たたまれなさそうに成美を見た彩人が、「だけど」と言う。

「わからないのは、過去がどうあれ、成美さんが今さらその方と浮気をするのは、無理ですよね？」

成美が、不思議そうに彩人を見る。

「なぜ、そう思われるんです？」

「だって、その方、亡くなられているのでしょう？」

彩人の言葉に、成美がびっくりして目を丸くした。

「どうして、先生がそのことを？」

彩人が苦笑して答える。

「実は、情報通の友人がいまして、その友人から聞きました。大学時代に、成美さんと付き合っていた方が、湖で亡くなったと――」

「そうですか……」

驚きから一転、成美がやるせなさそうな表情を浮かべて溜《た》め息をつく。

「――人の口に戸は立てられないというのは、本当なんですね」

「そうかもしれません。しかも、奇妙なことに、その噂と一緒に、成美さんが、三か月前に、その亡くなった男性と会っていたという話も出ていて」

「……………」

てっきりまた驚くかと思いきや、成美は諦《あきら》めた様子で肩をすくめ、「ということは」と、その説を認める発言をした。

「きっと、あの時、彼と一緒にいるところを、誰かに見られてしまったんでしょう」

「一緒にいた？」

「ええ」

成美はうなずくが、それこそ、絶対におかしい。

明らかに、矛盾している。

彩人が、手を突き出して「ちょっと待ってください」と話を止めた。

「それは、変ですね。その……えっと、室井幸介さんでしたっけ？」

「はい」

「さっきも言ったように、その方はすでに亡くなっているんですよね？」

「ええ」

「それなのに、その方と一緒にいたと？」

「そうです」

きっぱり認めた成美が、その瞬間、唇の端をつり上げ、どこか恐ろしげに見える笑みを浮かべて告げた。

「だって、私が三か月前に会っていたのは、室井幸介ではなく、室井幸介の亡霊ですから」

「まさか――」

あり得ないことを聞かされ目を丸くする彩人に、成美は確信を秘めた声で静かに宣言する。

「いいえ、嘘《うそ》ではありません。――あの日、幸介はあの世から蘇って、私に会いにきてくれたんです。そして、その時にできたのが」

言いながら、まだ膨らみのないお腹に手を当て、どこか誇らしげに続けた。

「この子なんです」

5

同じ頃。

海岸近くの鎌倉警察署では、非番にもかかわらず、仕事をしに出てきた朽木が、パソコンであれこれ調べ物をしていた。

恋人のいない独身女性が休みの日にやることといえば、溜まっていた洗濯と埃《ほこり》の積もった部屋の掃除くらいで、それが済んでしまえば、あとは、ここぞとばかりに寝溜めをするか、趣味に没頭するか、そのどちらもやりたくなければ、仕事をするより他にない。

そして、朽木は、趣味ではなく、仕事をするタイプの人間だ。逆に言えば、仕事をしなくていいと言われたら、なにをしていいかわからなくなるだろう。

パソコンでひろった情報を黒革の手帳にメモしていると、背後で「う〜っす」と声がした。

振り返るまでもない。

間延びした挨拶は、相棒である大倉和久《おおくらかずひさ》刑事だ。

背が高く、見ようによっては、さほど悪くない顔をしているのだが、なぜか、動くとヌーボーとした感じがし、それが妖怪《ようかい》の「ぬらりひょん」を連想させる。しかも、堅物で冗談の一つも言わないくせに、言動にはどこか人を笑わせるものがあり、そのせいで、ふざけた男と勘違いされることがままあった。

この警察署に異動してきたばかりの朽木であるが、大倉とは何度か仕事を一緒にしているため、気心は知れている。

その大倉もまた、朽木と同じく恋人のいない独身で、さらに、非番だからといって掃除などするタイプでもない。やったとして、仕事に必要なシャツなどを洗濯するくらいで、持て余すヒマを埋めようと出てきたのだろう。

そんな二人は、ほぼ同い年だ。

ただ、高卒で警察官になった大倉と、理系の大学の博士課程を経て警察官になった朽木とでは、圧倒的に勤続年数が違う。すでに十年以上の経歴《キャリア》を持つ大倉は、まだ警察に入って間もない朽木にとっては、身近な先輩という位置づけだった。

刑事としてそれなりに優秀な大倉であるが、生活面では、少し人とずれたところがある。

今も、途中で寄って来たコンビニの袋を朽木の横に置きながら、言う。

「やっぱり、来てたか。——これ、差し入れ」

「ありがとうございます」

袋の中には、どこのコンビニでも売っているソーダ味のアイスキャンディーが入っていた。

季節的に、まだアイスキャンディーには早い気もするが、大倉を見れば、すでに大きな口にくわえている。その姿は、どう見ても、妖怪がアイスキャンディーを食べているようで、ものすごい違和感を覚えながら、朽木は、「いただきます」と言って、中の一本を引き抜いた。

近くにいた刑事も寄ってきて、「俺も一ついいっすか?」と訊《き》く。

「ど～ぞ」

「やった」

「取ったら、残りを冷蔵庫に入れといて」

言われた刑事が、面白そうに訊き返す。

「え、冷蔵庫に入れるんっすか?」

「うん」

「冷凍庫じゃなく?」

「冷蔵庫」

「それだと、溶けちゃいますけど?」

そこで、相手を振り返り、面倒くさそうな顔をした大倉が、「だから」と駄々をこねるように言い放つ。

「溶けないところに入れといて」

「はいはい。冷凍庫ですね」

あくまでも主張した相手に対し、なんなんだというように顔をブルブルッと震わせる大倉。

その前を、冷凍庫に袋ごとアイスキャンディーを突っ込んだ刑事が「ごちそうさま～」と言いながら通り過ぎていく。

おそらく大倉にとって、物体としての冷蔵庫はすべて冷蔵庫で、冷凍庫は、昨今流行の野菜室やチルド室などと同じくらいの認識なのだろう。

二人のやり取りをニヤニヤしながら背中で聞いていた朽木に、大倉が尋ねる。

「そういえば、あのあと、有平成美には会えたのか？」

「いいえ」

朽木が、アイスキャンディーを口にしながら、苦々しく首を振る。

被害者の妻に尋問に行った彼女が、葬儀場でトラブルを起こしたということで、先方から警察署に抗議の電話が入り、彼女は着任早々、上司に叱《しか》られた。それで、お詫《わ》び方々、有平成美の家を訪れたのだが、実母に断られ、会うことは適《かな》わなかった。

「ただ」

朽木が、写真を指で差しながら言う。

「彼女の母親から、彼の正体は聞きました」

「へえ。だれ？」

「有平成美の昔の恋人です」

大倉は、食べ終わったアイスキャンディーの棒をゴミ箱に捨て、その手をズボンで拭《ふ》いてから、写真を手に取る。

「昔の恋人ね。そいつの写真を、轢《ひ》き逃げされた被害者が持っていたのか。ご丁寧に、『真実を見よ』なんて忠告付きで」

「そうですね。ただ――」

朽木が続きを言いかけたところで、非番ではない同僚が二人を見つけ、声をかけてきた。

「あれ？　非番のくせに御揃《おそろ》いで」

「ああ。アイス食べるなら、冷蔵庫に入っているよ」

「え、冷蔵庫？」

ギョッとしたように冷蔵庫を振り返った同僚に向かい、朽木が訊く。

「聞き込みで、なにかわかりましたか？」

「――ああ。えっと、わかりましたよ」

冷蔵庫のほうを見たまま、同僚がうわの空で答える。

「有平成美は、三か月前、男と会っていたそうです」

「つまり、浮気？」

「そうなりますかね」

「ってことは、やっぱり、昔の男と？」

そこで、ようやく冷蔵庫から目を離した同僚が報告する。

「いえ、彼女が会っていたのは、男の姿をした『亡霊』だそうです」

「……ぼーれい？」

一瞬、その単語の意味がわからなかったらしい大倉が、首をかしげて問い返す。

『ぼーれい』というのは、『亡《な》き、霊』と書く『亡霊』のことか？」

「そうです」

「亡き、霊」と繰り返した大倉が、笑いながら「そんなこと、あり得な――」と否定しかけるが、その言葉が終わらないうちに、朽木が断言する。

「あり得ますね」

「え？――あり得る？」

「はい」

「本当にあり得るのか？」

「と、思います」

「『亡き、霊』と書く『亡霊』が？」

それに対し、朽木が首を横に振って言い直した。

「亡霊に会えるかどうかはともかく、有平成美の昔の恋人――室井幸介と言うそうですが、彼は、すでに亡くなっていてこの世の人ではありません。だから、もし昔の恋人と浮気をするなら、それは、当然、亡霊ということになります。それで、今、念の為《ため》に、室井幸介のことを各方面に問い合わせているところですが」

大倉が、目をぱちくりして訊き返した。

「つまり、この写真の男は、死んでいるのか？」

「はい。事故死のようです」

朽木は、パソコンの画面を見やすいように動かして、大倉に見せながら続けた。

「新聞に載っていましたが、当時大学生だった有平成美が、サークル仲間と合宿に行き、その時に、恋人の室井幸介が湖で溺死《できし》しています。どうやら、飲酒しながら大勢で湖に飛び込んで遊んでいたみたいですね」

「なるほど。……それで、『亡き、霊』」

画面を覗《のぞ》き込んで頷《うなず》いた大倉が、顔をあげ、不思議そうに尋ねた。

「だけど、それなら、実際に有平成美が会っていたのは、誰なんだ？」

それに対し、冷凍庫からアイスキャンディーを取り出していた同僚が答えた。

「写真の男です」

「でも、こいつは、死んでいるんだろう？」

「はい。だから、亡霊なんですよ」

「なるほど、亡霊か。『亡き、霊』」

大倉が、頭をグルグルまわして続ける。

「――って、どうしてそうなるんだ？」

「知りません」

「じゃあ、百歩譲って、亡霊がこの世にいるとして、はたして、亡霊と浮気なんてするか？『亡き、霊』だぞ。言い換えれば、『死霊《しりょう》』だ。ゾンビだ。俺ならイヤだね。絶対にイヤだ。ゾンビの彼女とは会いたくない。――う〜ん。やっぱり、女心はわからない」

朽木が苦笑して応じる。

「私にも、わかりませんよ」

「だろうな。女心がわかるのは、女だけだ」

「――どういう意味でしょう？」

キラッと瞳《ひとみ》を輝かせて朽木が大倉をにらんだ、まさにその時――。

突然、入口のほうが騒がしくなり、何事かと思う間もなく、制服を着た警察官が飛び込んできて、その場にいる刑事全員に告げた。

「すみません！　たった今、下に、轢き逃げ犯だと名乗る男が出頭してきました！」

第四章　花が導く真実

（亡霊ねえ……）

1

週明け。

彩人《あやひと》は、庭で摘み取ったばかりの「マドンナ・リリー」を花瓶に活《い》け、それを眺めながら、一昨日、成美《なるみ》と話した時のことを考えていた。

あのあと、彼女から奇妙な話を聞いたのだ。

それによると、死者を蘇《よみがえ》らせるためには――。

故人と二人で写っている写真。

自分の髪の毛と爪《つめ》。

さらに、月経の血液。

用意するのはそれだけで、あとは、二人で写っている写真を燃やした灰と他のものを一緒に麻の袋に入れ、新月の夜に墓地か、近くに墓地がなければ、大きな木の下に埋める。

そうすれば、三日後に、死者が蘇り会いに来てくれる——。

ということらしい。

それは、明らかに呪術《じゅじゅつ》の類《たぐい》である。

黒魔術にくくられる領域かもしれない。

それを、成美は実行に移した。

信じがたいことであるが、では、そもそも、そんなおぞましげなことを、成美はどうやって知ったのかといえば、ツイッターを通じて仲良くなった「ユキエ」という女性が教えてくれたのだという。

しかも、その方法で、成美は、実際に、死んだはずの室井《むろい》幸介《こうすけ》に会えたのだというから、驚きだ。

その上、彼との子どもを宿した。

だが、果たして、そんなことがあり得るのか。

彩人は、「マドンナ・リリー」を指でつつく。

もちろん、「華術師」の家に生まれ育った彩人は、目に見えない存在を全面的に否定するつもりはない。そんなことをしたら、彼自身、根底から、価値観を覆《くつがえ》されてしまうことになる。

だから、亡霊に会ったというなら、それはそれでいいと思う。

広い世の中、その手の話は腐るほどある。先祖の霊に教わって宝物を掘りだす者もいれば、守護霊に従って命拾いした人間もいるだろう。

ただ、亡霊との間の子どもとなると、それは、「はい、そうですか」と簡単にうなずけるものではない。それくらいなら、まだ、墓に一緒に埋められた赤子の命を助けるため、母親が幽霊となって出てくるほうがマシである。

となると、考えられるのは——。

彩人は、その可能性を考慮して、成美に訊《き》いてみた。

「ちなみに、幸介さんに兄弟はいませんでしたか？」

それに対し、成美は心得たように答えた。

「いないはずです。田舎で暮らすご両親の話は、何度か聞いたことがありますが、兄弟の話は、一切、話題にのぼらなかったので」

「そうですか」

それを汐《しお》に、彩人は成美の家を辞したのだが、冷静になって思い返せば、話の内容があまりに衝撃的過ぎて、彼女に伝えようとしていたメッセージの半分も伝えられなかった。かといって、三日にあげず、彼女の元を訪れるのも憚《はばか》られる。

後悔しながら、もう一度、「マドンナ・リリー」をつついていると——。

「彩人様」

例によって例のごとく、音もなく部屋に滑り込んできた八千代《やちよ》が、彼が振り向くと同時に報告した。

「轢《ひ》き逃げ犯がつかまったそうです」

「本当ですか？」

驚いて腰を浮かせた彩人に、八千代が懸念《けねん》を隠せずに続ける。

「しかも、成美様のお母様のお話では、淳平様は、結局自殺と断定されたようですよ」

「――自殺？」

繰り返した彩人が、額を押さえ天を仰ぐ。

「それは、まずい」

「成美様ですか？」

「もちろん」

うなずいた彩人が、尋ねた。

「成美さんは、今、どうしているんでしょう？」

「それが、落ち込みが激しく、お母様は、それこそ、後追い自殺でもするのではないかと、心配なさっていらっしゃいました」

「そうでしょうね」

爪を嚙《か》むように唇に当てた彩人に、八千代が告げる。

「それで、もしお時間があったら、彩人様に、また慰めにいらしてはもらえないかということでしたが……」

「え？」

口元から手を放した彩人が意外そうに八千代を見て、大きくうなずいた。

「もちろん、こっちとしては、願ったり叶《かな》ったりですよ。いつなら、あちらの都合がいいか、早々問い合わせてくれませんか？」

すると、なんでもわかっている八千代が、仏のような顔で応じる。

「そのことでしたら、すでに、お伺いしてあります。あちらのご都合は、いつでもよろしいので、彩人様の時間が空き次第、すぐにでも——ということでした」

「あ、そう」

歩き出した彩人は、部屋を出ていきながら言い残す。

「——それなら、今からお邪魔すると伝えてください」

2

彩人が表に出ると、朽木《くちき》刑事が、家の前を通りかかった。相変わらず、ユリの花が闊《かっ》歩《ぽ》しているような佇《たたず》まいだ。

　そのあまりの偶然に、門の前で小さくのけぞった彩人は、目が合ったところで挨拶《あいさつ》する。

「ああ、どうも、刑事さん」

「どうも」

　応じた朽木が、訊く。

「お出かけですか？」

「ええ」

　うなずいた彩人は、朽木が歩いて来たほうを見て、不思議そうに尋ねた。

「刑事さんこそ、こんなところにいるということは、お稲荷《いなり》さんにお参りでもなさいましたか？」

　半ば冗談で言ったのだが、存外真面目《まじめ》に肯定される。

「そうです。前から気になっていた場所なので」

「……お稲荷さんが？」

　彩人は疑心暗鬼だったが、朽木はケロリとした様子で、またも肯定する。

「ええ。結構信心深いんですよ、刑事って」

「……へえ」

　そこで、「それじゃあ」と言って歩き出しかけた朽木を、彩人が呼びとめる。

「ああ、刑事さん」

「なんでしょう？」

「有平さんのご主人は、自殺だそうですね？」

足を止めた朽木が、ほっそりした首を軽くかしげて、言う。

「情報が早いですね」

「まあ、ご近所なので」

それに対し、軽く何度かうなずいた朽木が、ややあって「そうです」と認める。

「先ほど、有平さんのお宅に伺って、正式にその報告と遺品の返還をしてきたところです」

「ちなみに、遺書のようなものは、見つかったんですか？」

「いいえ」

「それなら――」

言いかけた彩人を指先で制し、朽木が告げる。

「目撃者が出たんです」

「――今ごろ？」

「はい。空き巣や窃盗の常習犯で、事故のあった夜も、空き巣に入る家を物色していたようなんですが、日曜日に巡回中の警察官に職質――職務質問のことですが」

「わかってます」

「職質を受けて、その時に、轢き逃げを目撃した時のことを話したそうです。思いつめたように歩いていた男が、自分で車の前に飛び出したと」

彩人が、小さく天を仰いで言う。

「――でも、自殺なら、逃げなくてもよかったでしょうに」

「それが、運転していたのが未成年で、パニックに陥ってしまったようです。警察にも、親に付き添われてきましたよ。よくある話ですが、免許を取り立てで、少々スピードオーバーだったようです」

「そうですか。それなら、捜査は終了ですね」

「ええ」

「自殺の理由は、わからないまま」

どこか責めるような口調の彩人に対し、朽木がきれいな顔で苦笑する。

「そうなりますね」

「残された方は、たまったものではないでしょうね。なぜ、自分の夫が自殺したのか、わからないまま、彼女は、ずっと重荷を抱えて生きていかなければならない」

「お気の毒ですが、そうですね。自殺というのは、えてして、とても罪深いことだと思います。だから、私は、時々、自殺した人間のことなんて考えてやる必要はないと思ってしまうんです。——でも、現実には、そう簡単に割り切れないというのも、わかっています」

「それなら」

彩人が、強く主張する。

「せめて、自殺の理由くらい究明してもよさそうに思いますけど。だいたい、刑事さんは、気になりませんか？　なぜ、有平淳平が自殺したのか」

朽木が、まっすぐに彩人を見て答える。

「もちろん、気になりますよ。でも、遺書もなく、ご本人が亡《な》くなってしまっている以上、なぜ自殺をなさったのか、真相を突き止めるのは難しいでしょう」

彩人が、「だけど」と応じる。

「僕たちのもとには、『ミンネの箱』があるじゃないですか」

「『ミンネの箱』？」

ふとその存在に思い至ったように、朽木が訊く。

「……あの箱が、なにか？」

だが、問われたことには答えず、先に彩人は確認する。

「あれは、成美さんに返したんですか？」

「もちろん。他の遺品と一緒に返しました」

「返す前に、よく調べてみました？」

朽木が、眉《まゆ》をひそめて問い返す。

「――というと？」

「だから、箱そのものを、良く調べたかと訊いているんです」

「いえ。特にこれといって」

「やっぱり」

その答えを予測していたかのように、彩人が小さくため息をつく。

「まあ、人間の固定観念からして、箱というのは、蓋《ふた》があいて、そこになにか入っているると、それだけで満足して、よく調べようとしなくなるものですが、実は、必ずしもそうとは限らないんです」

朽木が、片眉だけをきれいにあげて、訊き返す。

「つまり、あの箱には、他にも開ける場所があったとおっしゃりたいんですか？」

「その可能性もあると言っているんです」

彩人が、続ける。

「なんといっても、『ミンネの箱』ですから」

「ええ、覚えていますよ。恋愛に関し、秘密を共有するためのものですよね？」

朽木が、前に聞いた話を思い出しながら、話す。

「それで、その秘密というのが、箱に入っていた昔の恋人の写真ということから、自分の妻が、実は、未《いま》だに昔の恋人のことを忘れていないという事実が浮かびあがり、それを知った夫は、ショックを受け……」

弱々しくなった説明を奪うように、彩人が皮肉気に言う。

「自殺した？」

「ええ」

「たった、それだけのことで？」

「そうですね」

「昔の恋人は、すでに死んでいるんですよ？」

「だけど、成美さんは、亡くなった元恋人にそっくりな男性と、現実にも浮気をなさっています。——さすがに、それはショックが大きいのではないかと」

「まあ、そうかもしれませんが……」

そこで、彩人が首を振って、否定する。

「でも、僕には、納得がいきません」

「なぜ？」

首をかしげる朽木を見おろし、彩人が言う。

「強いて言うなら、有平淳平《じゅんぺい》の性格ですかね。それほどよく知っているわけではありませんが、僕が知る限り、彼は、相手に非のあることで自殺するタイプではありません」

「そうは言っても」

負けまいと、朽木も主張する。

「奥様や周辺の方のお話を聞く限り、かなりプライドの高い方だったようなので、自分の妻が浮気などしていたら、それはそれで、傷つくのでは？」

「傷つくというより――」

彩人はちょっと考えてから、言う。

「彼なら、怒るでしょうね」

「怒る？」

「ええ。自分の持ち物にちょっかいを出されたりしたら、怒って、浮気相手を傷つけるか、最悪、浮気した成美さんを傷つけるでしょう。――でも、間違っても、自分を傷つけたりはしないはずです」

眉間《みけん》にしわを寄せて朽木が、訊く。

「……それなら、宮籠《みやこもり》さんは、有平淳平が自殺するとしたら、それは、どういう時だとお考えなんですか？」

彩人が、はっきりと答える。

「間違いなく、自分に非があって、それが大っぴらになるなどして、面子《めんつ》が保てなくなる時でしょう」

「自分に非があって……？」

考え込んだ朽木のために、彩人が話を整理する。

「『ミンネの箱』に話を戻すと、あの箱には秘密が隠されているはずです。そして、そのことで、彼が自殺をしたとするなら、その秘密というのは、有平淳平さん自身の失敗や奇癖など、なにか彼の体面を傷つけるようなマイナスの要素を持ったものでなくてはならないんです」

「でも、箱には、あの写真しか――」

「だからですよ」

弁明しかけた朽木を制し、彩人が告げる。

「あの箱を、よく調べる必要があるというのは、そのことを言っているんです。というのも、実は、葬儀の時、『ミンネの箱』の写真を見て、刑事さんに伝えそびれたことがあるんです」

「なんですか？」

「あの箱、寄木細工でしたよね？」

「ええ」

「僕の記憶に間違いなければ、寄木細工の箱には、時々、『からくり箱』や『秘密箱』

と呼ばれる仕掛けがしてあるものがあって、特に『からくり箱』のほうは、開け方次第では、正面に見えている引き出しや開け口以外にも、開けられる場所があったりするんですよ」

「……へえ」

苦々しげな表情になった朽木が、白状する。

「それは、恥ずかしながら、気づきませんでした。——正直、箱から出てきた写真のほうに気を取られてしまって、誰も、あの箱に、そんな仕掛けがあるとは思わなかったんです」

彩人が、慰めるように応じた。

「まあ、すぐにわかるようでは、『からくり箱』にはなりませんからね。もともと、知っている人間にしかわからないようにできているし、柔軟な子どもならまだしも、大人は固定観念が強いので、一度でも蓋の開いた箱に、それ以上の意味を求めないものです。——忙しければ、なおさら」

「でも、それなら、あの箱には、他に開けられるべき場所があったということなんですね？」

確認されるが、それには、彩人は曖昧《あいまい》に応じる。

「さあ、どうですかね。僕は実物を見ていないので断言はできませんが、可能性はあったと思います。――それを、これから、彼女の家に行って確認しようと思っていますが、ちなみに」

彩人が、訊く。

「『ミンネの箱』の意味を、成美さんに話しましたか？」

「ええ。大まかな説明はしました」

答えを聞いた彩人が、歩き出そうとしながら、つぶやいた。

「それなら、余計に急いだほうがいいな」

だが、歩き出す間もなく、前方の道に、「ミンネの箱」を手にした成美が姿を現わした。

彼女は、彩人の姿を見つけると、小走りに駆け寄り、疲れたように告げた。

「先生。助けてください。――私、もう、どうしたらいいのか、わからなくて」

3

彩人が、成美から預かった「ミンネの箱」を持って家に戻ると、紫陽花《あじさい》の咲くポーチには白いパラソルが立てられ、その下にお茶の準備がされていた。

透明な茶器と、あたりに影を落とす緑のコントラストが、実にさわやかだ。

それに加え、お茶は、フレッシュ・ハーブティーであるらしく、そこにも鮮やかな薄緑色が輝いている。

テーブルの中央を飾るのは、花器に活けられた「マドンナ・リリー」。

すべてが、完璧《かんぺき》に整っている。

「おかえりなさいませ、彩人様」

気配に振り返った八千代が、ちょっと意外そうに続けた。

「おや。成美様はご一緒ではありませんでしたか？」

おそらく、有平邸に電話した際、母親から、成美がこっちに向かっていることを聞いたのだろう。それで、彩人が、彼女を連れてくると思い、お茶の仕度をして待っていた。

「成美さんは、気分を落ち着けるために、先に少し庭を歩きたいというので、好きにしてもらうことにしました」

「そうですか。――それで、そちらは？」

八千代にとっては予定外の人物が、彩人のうしろにいる。

「たしか、鎌倉署の刑事さんでしたね？」

朽木が、軽く会釈《えしやく》する。

代わりに、彩人が説明した。

「門のところで、偶然会ったんです。それで、色々と興味を持たれたみたいで、一緒に話をお聞きになるそうなので、彼女にも、お茶を用意していただけますか？」

「かしこまりました」

引っ込んだ八千代が、すぐに新しい茶碗《ちゃわん》を持ってきて、朽木の前に置く。

「どうも」

短く礼を述べた朽木が、テーブルを飾る白ユリを指さして訊く。

「きれいなユリですね。――もしかして、私が捨てようとしたものですか？」

「いいえ」

彩人が、お茶に口をつけながら柔らかく否定した。

「あれとは、ものも種類も違います」

「そうなんですか。すみません、ド素人《しろうと》なものですから」

「わかっています。ちなみに、これは、『マドンナ・リリー』で、貴女《あなた》が、立花君《たてはな》に払い下げたのは、『カサブランカ』です。あの花は、立花君が、丁寧に世話してくれていますよ」

「それは、それは」

そこで、朽木もお茶に口をつける。

そんな二人の前には、「ミンネの箱」が置いてある。

箱は、十センチから十五センチ四方の長方形をしていて、何より特徴的なのは、箱の上に描かれた模様だ。そこには、寄木細工特有の色使いで、モザイク模様の「迷宮図」が描かれている。

写真では見ていたが、彩人は、実物を目にするのは初めてだ。

ややあって、二人の視線が自然と箱に集中し、手に取った彩人が、あちこちいじり始めた。

それを、興味深そうに朽木が見守る。

箱をひっくり返しながら、彩人が訊いた。

「朽木刑事は、恋人はいらっしゃらないんですか？」

朽木が、チラッと彩人を睨《にら》んで言う。

「ふつう、そういうこと、訊きます？」

「ええ、まあ」

箱をいじる手を止めた彩人が、朽木を見返して応じた。

「訊くんじゃないですか？　興味のある異性に対しては」

「ということは、宮籠さんは、私に興味があるんですか？」

「そうですね。いけませんか？」

「別に、いけなくはないですけど……」

わずかに戸惑った様子を見せてから、朽木が苦々しげに告白する。

「付き合っている人はいません。ちょっと前に別れたきりです」

実は、今から五か月くらい前になるが、彼女は、友人の紹介で知り合った男性にプロポーズされた。

交際期間半年。

お互い妙齢ということで、少し先を急いだのだろう。

年下ではあったが、オンラインゲームをメインとしたゲーム会社の社長で、夜景の見える高級フランス料理店を特別に貸し切り、大勢のエキストラを用意してのサプライズ・プロポーズだった。

人生最高の時。

だが、その場で一度は了承したものの——。

「あんな危ない仕事は辞めて、僕のそばにいて欲しい」

薬指にダイヤモンドの指輪をはめながら囁《ささや》かれた瞬間、魔法は解け、夢から覚めた彼女は、その場で前言撤回した。

草食系と言われる今どきの男子にしては珍しく、かなり立派にプロポーズをしてくれたと思うが、結局、彼は、刑事であることに誇りを持っている朽木英子《ふさこ》を理解してはいなかった。

(危ない仕事ねえ……)

たしかに、現場に出れば、多少、他よりは危険度は高いかもしれないが、日本の治安維持という仕事は、他人様《ひとさま》が思うほど危険ではない。きっと消防士やレスキュー隊のほうが、仕事としての危険度は高いだろう。

なんといっても、刑事は地味だ。地味な作業を積み重ねることで、それまで見えなかったものが見えてくる。

コツコツと物事を積み上げるのが好きな彼女にしてみれば、それだからこそ、この仕事は楽しいと思うのだが、おそらく、世間一般の目は違うのだろう。さすがに、銃規制の厳しい日本で、ドンパチを思い浮かべることはないだろうが、アクションは必須《ひっす》だと思われているはずだ。

そんなこんなで、恋人とは、プロポーズを受けたその日に破局した。

過去の傷を思い出した朽木が、苦々しげな口調のままつぶやく。

「ほんと、男って、どうして、女に母親代わりを求めるのかしら」

つぶやきを聞きのがさなかった彩人が、箱を調べる作業に戻りながら助言する。

「それは、貴女が好きになるのが、そういうタイプだからじゃないですか？」

「タイプ？」

「ええ。僕の勘ですが、おそらく、やり手のビジネスマン風の男性に惹《ひ》かれるのではありませんか？」

指摘され、上を向いて考え込んだ朽木が、「さあ」と応じる。

「あまり考えたことはないですけど」

彩人が、手を動かしながらチラッと朽木を見て、言う。

「でも、少なくとも、立花君のことは眼中にないでしょう？」

顎《あご》を引き眉をひそめた朽木が、遠慮がちに答える。

「……まあ、そうですね」

「だけど、僕が思うに、彼のようなタイプは、貴女が仕事に没頭したければ、なにも言わずにモモンガのように飛び交って、仕事をする貴女のために尽くしてくれると思いますけど」

それは、なかなか的を射た意見であったが、例えが悪かったようで、朽木はそっちに気を取られてしまう。

「……モモンガ？」

「似てません？　彼。なんというか、木々の間を飛びまわる感じが」

「――どうでしょうねえ」

同意を避けた朽木が、逆に彩人に問い返す。

「そういう、宮籠さんは、ご結婚はされていないんですよね？」

「はい」

「見た感じ、引く手数多《あまた》という気がしますけど？」

彩人が、肩をすくめて応じる。

「……僕の場合、ちょっと条件が厳しくてね」

「条件？」

疑わしげな顔をした朽木が、確認する。

「それは、理想が高いということでしょうか？」

「いえ。理想は、さほど高くありません。――ただ、なんといっても、僕は迷宮にとらわれたミノタウロスですから」

「ミノタウロス？」

朽木が繰り返したところで、ちょうどお茶のお代わりを持って入って来た八千代が、チラッともの言いたげな目で彩人を見た。

だが、彼が何か言う前に、彩人の手の中で箱の背面の一部がスライドし、そこに小さな空間が口をひらいたので、みんなの意識がそっちを向く。

「あ」

手元を見ていた朽木が、思わず声をあげる。

彩人も、驚いたように身を乗り出し、我が意を得たりとばかりに言う。

「ほら、やっぱり」

二人の視線が集中する中、出てきたのは、市販されている液体風邪薬が二本入る大きさの空き箱だった。それが、きれいに折りたたまれて詰まっていたのだ。

「風邪薬？」

意外そうに片眉をあげてつぶやいた彩人の前で、朽木も首をかしげて言う。

「風邪薬ですね。正確には、風邪薬の入っていたであろう空き箱」

だが、いったい、何故《なぜ》、こんなものが入っているのか。

首を反対側にかしげた朽木が、問う。

「これが、有平淳平が自殺した理由でしょうか？」

「さあ。どうでしょう」

彩人が、やや落ち込んだ声で言い返す。

「僕にも、さっぱりわかりません」

と――。

ふいに、八千代が声をあげた。

「おかえりなさいませ、成美様」

二人が顔をあげると、そこに成美が立っていて、どこか夢見心地のような表情で微笑《ほほえ》んだ。先ほどまでの切羽詰った様子は薄まり、今は、少し落ち着いて見える。

立ち上がった彩人が、成美を迎える。

「おかえりなさい、成美さん」

「――ただいま、先生」

はにかみがちに応じた成美が、勧められた椅子《いす》に座り、改めて自分が歩いて来た庭のほうを眺めやる。

木立に響く鳥の声。

細い枝がこすれる音。

午前中の涼やかな風が吹き渡る庭は、瑞々《みずみず》しく整えられていて、見る者に安らぎを与えてくれる。

ややあって、深く息をつきながら成美が言った。

「聞いていた通り、不思議なところですね、この庭は」

「……聞いていた？」

彩人が不思議そうに成美を見つめると、顔を戻した成美が説明を付け足した。

「母が前に言っていたんです。人生で迷いが生じた時は、華術師のお庭を歩かせてもらうといいって――」

「お母さまから？」

「はい。母は、昔、こちらにお世話になったことがあるみたいで」

知らなかった彩人が、感慨深げにうなずく。

「それは、知りませんでした」

「私たちが生まれるずっと前のことだそうですから、知らなくて当然です」

成美が続ける。

「それで、私も、色々なことを考えながら歩いていたんですけど、奇妙なことに、歩いていたら、それまでの悩みとはまったく違うことを思い出して」

「……それはいったい？」

彩人の問いかけに、成美が答える。

「なんで、あんなことを思い出したのかはわからないんですけど、まあ、きっと幸介のことを考えていたせいでしょうね。あるいは」

そこで、吹き過ぎた風に身を任せた成美が、「そうだ」と続ける。

「匂《にお》い——」

「匂い？」

「そうです。なんの花かは覚えていませんが、なにかの花の匂いに誘発されて、思い出したのかもしれません」

「ああ」

それは、可能性として十分あり得る。

匂いや味覚などには、記憶に作用するものがあるというのは、科学的にも研究されている分野である。おそらく、外部からの刺激を処理する脳の領域が、記憶を司《つかさど》る領域に近い場所にあるからだろう。

彩人が、訊く。

「それで、成美さんは、なにを思い出したんですか？」

「笑っちゃうくらい、些細《ささい》なことです」

実際に、小さく笑いながら、成美が話す。

「たぶん、幸介と付き合い始めてすぐの頃だと思いますけど、珍しく、彼が風邪をひいたみたいだったので、私が常備していた市販の風邪薬を渡したら、身体《からだ》に合わないからって、飲まなかったんです。その時、私は、子どもじゃないんだからと思ったんですけど、結局、彼は医者に行って薬を処方してもらっていました。本当に、それだけのことで、今の今まで、すっかり忘れていたんですけど……」

彩人が、すかさず、箱から出てきた空き箱を示して訊いた。

「それって、これですか？」

「ああ、そうです」

うなずいた成美が、訝《いぶか》しげに訊いた。

「――でも、これ、どうしたんですか？」

それに対し、彩人と朽木が顔を見合せ、先に逸《そ》らした彩人が答える。

「『ミンネの箱』から、出て来たんです」

「え?」

そこで、テーブルの上に置いてあった箱を手に取り、成美は、じっくりと眺めまわしながら言った。

「あら、すごい。こんなところに、隠し扉があったんですね。——これ、先生が、見つけたんですか?」

感心したような口調で言われ、彩人が「ええ、まあ」と応じる。

「だけど、なんで、こんなものが入っていたのかしら……」

彩人と朽木が思ったのと同じ疑問を口にして、成美が考え込む。

ややあって、ふいに真面目な顔つきになった彼女が、「……でも、風邪薬といえば」と思い出したことを話し出す。

「幸介は、湖で亡くなる前に風邪薬を飲んでいたと、葬儀の時、彼のご両親に聞きました。その状態で水に入ったりしたから溺《おぼ》れたと、警察の方から説明があったそうです。——だけど、私、そんなこと、まったく知らなくて。前日も、風邪をひいている様子はなかったし」

彩人と朽木が、ふたたび顔を見合せ、今度は朽木が訊いた。

「幸介さんは、溺れる前に風邪薬を飲んでいたんですか?」

「──ええ」

「そのことを、だれも変だとは思わなかった？」

「別に、特には──」

言い返した成美が、「え、だって」と続ける。

「他にも夏風邪をひいている人はいたし、風邪薬くらい、ちょっと調子が悪ければ誰でも飲みますから、そこは疑いませんよ。警察も、本人の不注意というようなことを言っていたようだし」

そこで、成美が、不審げに二人を見返して訊いた。

「──もしかして、なにか疑いがあるんですか？」

「いや」

三度《みたび》朽木と顔を見合せた彩人が、曖昧に応じる。

「それは、まだ、なんとも」

すると、成美がフッと自嘲《じちよう》気味に笑い、「私ったら」と恥ずかしげに言う。

「さっきから幸介のことばかりしゃべっていますね。幸介のことだと、必死になってしまうし。──庭を歩いている間も、夫のことなんてこれっぽっちも考えず、思い出すのは幸介のことばかりでした。ひどい話ですよね」

大きなため息をついて、成美が唐突に本題に入った。

「もう、刑事さんからお聞きだと思いますが、夫は自殺だそうです」

彩人が応《こた》える。

「そうみたいですね」

「そうなると、先生。やっぱり、夫は、私と幸介のことを苦にして自殺したんでしょうか？——もし、そうだとしたら、私」

そこで言葉をつまらせた成美に代わり、彩人が静かに告げる。

「お腹《なか》の子どもは、産めませんか？」

とたん、黙って話を聞いていた朽木が、なにかに打たれたようにハッとして、成美を見た。

おそらく、彼女は、妊娠のことを知らなかったのだろう。それも当然で、安定期に入るまでは、あまり公表しないのが普通だし、そのつもりで調べなければわからないことだからだ。

答えをためらったまま庭のほうに視線を移した成美につられ、自分も目をやった彩人は、その時、近くの茂みのところで、黒い物体がひょこひょこと動くのを見て、疑わしげに目をすがめた。

だが、時を同じくして成美が話しだしたので、そのことは、ひとまず意識から追いやる。

成美が、告白する。

「幸介のことが本当に好きでした。心の底から愛していたんです。もし、彼が生きていたら、間違いなく彼と結婚していたでしょうし、そうなったら、私の人生は、きっと、もっとキラキラした素晴らしいものになっていたと思うんです」

そこで、一呼吸置き、成美は続ける。

「自分で言うのもなんですが、私は、両親に甘やかされて育ったせいか、さほど自主性というものを持っていなくて、付き合う相手によって、かなり行動や振る舞いが変ってしまうんですよ。――だから、結婚相手によって、人生が、百八十度違ってくるはずなんです」

「なるほど」

彩人がうなずく。

それは、ある意味、柔軟ということなのだろう。

自分の人生を貫くのではなく、他者に添った生き方をする。それも、一つの在り方であるが、彼女の言う通り、相手によって全く違った生活になるはずだ。

結婚相手がボランティア活動に熱心であれば、一緒に各地に飛んでは、熱心にボランティア活動に取り組むだろうし、相手が自堕落な生活を強いれば、それに従って自分も自堕落になる。

その点、有平淳平やその周辺の人たちは、彼女によき専業主婦であることを望んだに違いない。

そして、彼女は、立派にその通りの人生を送っている。

彩人が、チラッと、朽木を見た。

うっすらと眉間《みけん》にしわを寄せて聞いている彼女には、成美の生き方は、理解しがたいに違いない。なんといっても、彼女は成美と正反対で、自分自身の生き方を貫くために、理想の相手を振るしかなかったのだから。

彩人が訊く。

「もしかして、淳平さんと結婚したのも、自分の意志ではなかったんですか？」

「ええ。今思えば、そうだったのだと思います。彼が熱心な求婚者だったのと、親の強い勧めに流されて……」

「淳平さんと成美さんは、幼馴染《なじ》みですよね？」

「そうです。昔から、両家には、二人が将来結婚するといいというような雰囲気があったんですけど、私は、幸介に出会ってからは、彼と結婚したいと思うようになっていて、両親は反対していました」

「それに、淳平さんも、貴女《あなた》と結婚する気だったんですね？」

「たぶん……」

そこで、表情を翳《かげ》らせて、成美が告白する。

「そういう意味では、もしかしたら、幸介を殺したのは、私なのかもしれません」

「成美さんが？」

驚いたように片眉をあげた彩人が、訊き返す。

「――どういうことでしょう？」

それに対し、目を伏せた成美が、記憶をたぐるように左下を見ながら言う。

「先生は、言霊《ことだま》って信じますか？」

「言霊？」

面食らったように繰り返した彩人は、ちょっとの間考え込み、「ええ、まあ」と認めた。

「言ったことがその通りになるというのは、あるような気がします。夢を叶える力などとも繋《つな》がってきそうですし」

「夢……」

つぶやいた成美が、切なそうに溜息をつく。

「たしかに、言霊がプラスに作用すれば、とてもいいことなのでしょうけど」

そこで、彩人が推測する。

「ああ、もしかして、『悪事《まがこと》』のほうですか？」

だが、成美には意味がわからなかったようで、首をかしげて訊き返した。

『まがこと』？」

「ええ。『悪い事』と書いて、『まがこと』です。言霊を操るので有名な神、『一言主《ひとことぬし》』が葛城山《かつらぎさん》で雄略《ゆうりやく》帝に会った時に、そう名乗るんですよ。自分は『悪事も一言、善事《よごと》も一言』で実現できる神であると」

「……『悪事も一言』」

納得したらしい成美が、「それなら」とうなずく。

「たしかに、その通りです。――なんといっても、私が、あの時、あんなことを言いさえしなければ、幸介は死なずに済んだかもしれないので」

「それは――」

真面目な顔つきになった彩人が、神妙に尋ねる。

「成美さんの考え過ぎのようにも思いますが……、ちなみに、成美さんは、誰になにを言ったんですか？」

ためらうように間を置いた成美が、ややあって答える。

「……夫に、まだ幸介と付き合っていた時に、プロポーズされたことがあるんです」

「プロポーズ？」

意外そうに応じた彩人が、確認する。

「付き合ってもいないのに……ですか？」

「ええ。夫は、今でなくていいから、将来、自分と結婚してほしいと、そう申し入れてきました。……彼は、私が、それまであまり周りにいなかったタイプの幸介に、一時的に入れ込んでいるだけだと思っていたようです」

「なるほど」

「だから、その時、私、夫に対して言ったんです。――『死が二人を別つまで、私は幸介のそばを離れないから、待っても無駄だ』と」

彩人が、顎を引いてマジマジと成美を見る。

「……それは、なかなか言えない台詞《せりふ》ですね」

「ええ」

「きっと、そんな台詞が言えたのも、幸介さんの影響でしょう」

「そうかもしれません。自分でもわかりませんが、そういう情熱的なことを言ってみたかったのだろうと思います。もちろん、それくらい、幸介のことを本気で愛していたのも、事実です。――ただ」

そこで、悲しみに顔を曇らせ、彼女は続けた。

「それからすぐ、幸介があんなことになってしまって」

最愛の人間の死――。

何年も前のことなのに、室井幸介に対する喪失感は、未だ、彼女の中で完全には消え失《う》せていないらしい。

　成美が告白する。

「自分が、夫を愛していないと気づいたのは、子どものことがきっかけでした」

「子どものこと？」

「はい。私、無意識に、夫との子どもを産みたくないと思っていたみたいで、それに気づかせてくれたのが、『ユキエ』さんの言葉だったんです」

　朽木が、刑事の習性で、つい口をはさむ。

「『ユキエ』さんというのは？」

　だが、朽木が同席するのを許す条件として、余計な突っ込みはしないというのがあったため、成美に代わり、彩人が短く答えた。

「ツイッターを通じて知り合った友人だそうですよ」

　成美が、朽木を無視して言う。

「夫は、もしかして、そのことに気づいていたんでしょうか？――夫のことを裏切らせた私の想《おも》いに？――だとしたら」

　救いを求めるように彩人を見た成美が、絶望的な声で訊《き》く。

「授かったこの子を、私は、どうしたらいいんでしょう？」

　お腹に手を当てての告白に、朽木が目を見ひらき、ついで口もひらきかけた。

だが、彩人がテーブルの下で人さし指を立てて止めたので、とっさに口をつぐんで身もちぢめる。

彩人は、成美の想いを受け止めつつ、静かに尋ねた。

「やはり、産むことをためらっていますか？」

「――ええ。ためらっています」

ようやく本心を告げた彼女が、続ける。

「夫の自殺で、私のやったことは、やはり大きな間違いだったのだと、突きつけられた気がして」

「そうですね」

彩人が、落ちついた声で受け入れ、続ける。

「たしかに、成美さんは、過《あやま》ちを犯したのだと思います。日本の法律――この場合は民法ですが――に従えば、結婚している女性が、夫以外の男性との間に子どもを設ければ、それは明らかに不貞行為に当たるわけで、過ちではあるでしょう。――だけど、いいですか。そんなのは、しょせん、ただの過ちです。犯罪ではない。少なくとも、刑法で裁かれるような罪ではなく、まして、授かった命に、罪はありません。それは、わかりますね？」

「…………」

成美は答えなかったが、話は聞いているようだ。

彩人は、テーブルの上に飾られていた「マドンナ・リリー」を手に取って続けた。

「この花を、貴女に渡した時、僕は受胎告知の話をしましたが、あれには、妊娠を告げる以外に、もっと深い意味があることにようやく気づきました」

顔をあげた成美が、問うような眼差《まなざ》しを向けてくる。

「……深い意味？」

「そうです。ずっと疑問に思っていたんですよ。なぜ、聖母マリアは、夫がありながら処女である必要があったのか。もちろん、神の子である限り、その誕生には特別な状況を作る必要があったのでしょうが、それなら、いっそのこと、ギリシャ神話などのように神そのものが降臨すればいいだけの話で、処女受胎の意味がわからない。——だけど、のちに、それが、当時、中東のあたりにあった宗教的な習慣を真似《まね》たものだと知って、とても納得しました」

「宗教的な習慣？」

「ええ。神権政治を行っていた当時は、統治する王は『神の子』でなくてはならなかったため、『神殿娼婦《しょうふ》』と呼ばれる神殿の巫女《みこ》たちは、だれの子かわからない子どもを宿す必要があったようなんです。一説に、マグダラのマリアも、神殿娼婦だったのではないかと言われています。——まあ、それはともかく、キリスト教は、その習慣を取り入れ、イエスの誕生秘話に利用したのでしょう。ただ、成長したイエスが、あの時代にあって、『隣人を愛せ』だの『右の頰を打たれたら、左の頰を差しだせ』だの、ひたすら人を愛する教えを説いたことを思えば、そこには、もっと人間的な理由を読み取ってもいいのではないかという気がします」

いつしか、引き込まれたように彩人の話に耳を傾けていた成美が、真剣な口調で問い返した。

「人間的な理由……」

「それは、なんですか?」

彩人が、答える

「人は過ちを犯すもので、過ちを犯すことが罪なのではなく、過ちを正し浄化できないことが罪であるということです。そして、過ちが罪でない限り、過ちによって授かった命もまた、祝福されてしかるべき命に変わりはないはずです」

そこで、手にした「マドンナ・リリー」を成美の手に渡しながら、告げる。

「もちろん、これはキリスト教とはまったく関係ない、僕が考えた勝手な言い分ですが、救済者の意味を持つ『キリスト』と呼ばれるイエスなら、『神の子』などと下手に高みに身を置くより、すべての命が平等であるということを、己の身を以《もっ》て示したとしてもおかしくはないでしょう。つまり、『マドンナ・リリー』が意味する『受胎告知』は、その誕生にどんないわくがあろうとも、生まれてくるすべての命を祝福すると告げているのではないかと解釈しました。そして、その命を受け入れ、大切に育てることが、その人間の過ちを浄化することにつながるとも」

「すべての命を祝福する――」

つぶやいて、フッと肩の力を抜いた成美が、気が抜けたように言う。

「……そうですよね。たとえ、このことが原因で夫が自殺したのだとしても、少なくとも、この子に罪はない」

それに対し、彩人が強調する。

「淳平さんの死に対し、成美さんにだって、罪はないですよ」

すると、口をはさむことを禁じられている朽木が、こっそり横でつぶやいた。

「……ていうより、そんなことで、自殺するほうが悪い」

4

鎌倉署に戻って来た朽木を、同僚が呼ぶ。

「朽木さん。これ、金曜日にファックスが届いていたみたいなんだけど、ごめん、こっちの書類に混じってて気づかなかった」

渡されたのは、地方に問い合わせていた室井幸介の身元照会だ。捜査が終了した今、もう用無しの書類であるが、礼を言って受け取った朽木は、手にしたまま机につく。

彼女は、宮籠邸で聞いた話が、ずっと気になっている。

どうやら、有平成美は、夫以外の男性との子どもを身籠《みごも》っているらしい。その相手は、おそらく、三か月前に会っていたという謎《なぞ》の男だろう。

(亡霊――)

大倉のいうところの、「亡《な》き、霊」だ。

亡くなった室井幸介にそっくりだという亡霊の正体は、だれなのか。思えば、それも謎のままだ。

席について、改めて書類を見た朽木が、小さくため息をつく。

「……やっぱり、そうなるわよね」

身元照会としてファックスで送られてきた書類を見る限り、室井幸介には、一卵性双生児の弟がいた。

朽木は、書類を見ながら考える。

(有平成美は、そのことを知っていて、身を任せたのだろうか?)

それとも、本当に室井幸介の亡霊と信じて、身体《からだ》を重ねたのか……。

詳細を知らない朽木は悩むが、どちらにせよ、いくら、かつて愛した男にそっくりだったとはいえ、別の男に抱かれるなど、考えられないことだ。

(まして、子どもを作るなんて――)

大倉の言葉ではないが、「女心は、ぜんぜんわからない」というのが、正直なところである。

(やっぱり、私、女じゃないのかしらね)

眉間にしわを寄せた朽木が、書類を前にして考え込んでいると――。

「朽木」

外出から戻ってすぐ冷凍庫をのぞいていた大倉が、彼女の隣の椅子を引いて座り込みながら言う。

「あのさあ。変なことを訊くようだけど、冷蔵庫に入れてあった俺のアイスキャンディーが――」

だが、最後まで聞く前に、朽木が言う。

「室井幸介には、弟がいます」

「へえ」

感心したように受けた大倉が、訊く。

「――室井幸介って、だれ？」

「有平成美の昔の恋人です」

「ああ」

納得したらしい大倉が、「でも」と興味なさそうに告げた。

「それ、終わった事件だろう。それより、俺のアイスキャンディー——」

「食べました」

「食った？」

「そんなことより」

びっくりする相手の言葉を無視し、朽木が報告を続ける。

「『ユキオ』ですよ」

「『ユキオ』？」

「そうです」

「『ユキオ』が食ったのか？——俺のアイスキャンディーを？」

「違います。食べたのは、ユキオじゃありません」

「じゃあ、誰だ？」

「私です」

「あ、お前ね」

「そう」

「で、『ユキオ』っていうのは?」

「だから、室井幸介の弟の名前ですよ」

説明しながらファックスで送られてきた書類を指さした朽木に対し、覗《のぞ》き込んだ大倉が、ポンと手を打って応じる。

「あ、そうか。『幸せに、生まれる』で『ユキオ』ね」

「はい」

「それが?」

「しかも、双子です」

「双子?」

「一卵性双生児」

マジマジと見つめてくる大倉の前で、先輩刑事の目を覚まさせるように書類をパンパンと叩《たた》きながら、朽木は明言した。

「つまり、室井幸介の亡霊の正体は、彼だったんです」

だが、そこで首をかしげたぬらりひょんは、もう一度「それで?」と問う。

「さっきも言ったけど、それ、終わった事件だよな。そんなもんに、いつまでかかわっているつもりだ?」

それに対し、つかんでいた書類を机に叩きつけた朽木が、自分を見あげてくる妖怪《ようかい》のような先輩を睨んで宣言した。

「もちろん、すべての謎がはっきりするまでです」

5

数日後。

朽木に呼び出され、彩人は北鎌倉駅の近くにある喫茶店に行った。どうやら、人目を忍ぶ必要があるらしい。

コーヒーを頼んだあと、朽木が、前置きなく切り出す。

「室井幸介には、『幸生』という一卵性双生児の弟がいましたよ」

「あ、やっぱりそうでしたか」

彩人は、納得してうなずいた。

成美は、室井幸介に兄弟はいないはずだと言っていたが、それでは、亡霊の正体が説明できなくなる。怪奇小説やＳＦでない限り、そこには、ありきたりな理由が存在する必要があった。

「さすが、警察は調べるのが早いですね。一応、僕も、今週末あたり、室井幸介さんの実家のある町に行って、調べてみようと思っていたんです」

「でしょうね。そんな気がしたので、こうして、本来なら、関係者以外にはしないようなお話をしようと思ったんです」

「僕のために？」

意外に思った彩人が訊くと、キッと睨んだ朽木が強めに応じた。

「成美さんのために、です」

「あ～、はいはい」と受けて、小さく苦笑した彩人が、言う。

「でも、幸介さんは、成美さんに、弟の話をしなかったそうですが」

「それは、おそらく、込み入った家庭事情のせいでしょう。ご両親にも話を聞こうと思って連絡しましたが、幸生さんとは絶縁したということで、話を聞くことはできませんでした。幸生さんは、お兄さんのお葬式にも、出ていないようです」

「それは——」

言葉を失った彩人が、ややあって訊く。

「何故、そんな？」

「わかりませんが、もしかしたら、幸生さんの生き方が、ご両親には受け入れ難かったせいかもしれません」

「生き方？」

コーヒーに手を伸ばしながら尋ね返した彩人に、朽木が一呼吸置いて答えた。

「幸生さんは、現在、『室井ユキエ』として、生きています」

「ユキエ？」

彩人が手を止めて、マジマジと朽木の顔を見る。

「それって……？」

「ええ、そういうことです。室井幸生さんは、高校時代に家を出て以来、実家には戻らず新宿で働き続け、一か月ほど前に、タイで性転換手術を終えて帰国し、現在は、戸籍も変っています」

「それが、室井ユキエ？」

「そうです」

淡々と報告する朽木に向かい、彩人が身を乗り出して言う。

「でも、『ユキエ』といえば……」

「そうですね。よくある名前なので断言はできませんが、成美さんに連絡を取っていたのは、室生幸介の双子の弟であったユキエさんの可能性は高いです」

そこで、チラッと手元の黒革の手帳に目をやり、朽木が続ける。

「それと、これは、『ミンネの箱』から出てきた風邪薬の空箱から採取できた指紋を照合してわかったことですが、有平淳平が自殺する前に会っていたのは、室井ユキエでした。彼女が勤めるスナックで、以前、現金が盗まれる事件があって、その時に、従業員全員の指紋を採取していたために、わかったことです」

「そうですか」

気がかりそうに頷《うなず》いた彩人が、一番気になっていることを尋ねた。

「でも、一か月前に手術をしたということは、成美さんが、彼に会った時、室井ユキエ——幸生なのか——どっちでもいいですけど、彼は、まだ男性として機能したということですよね？」

「そういうことになりますね。——それで」

ほとんどコーヒーを口にせず、伝票を手に取った朽木が、窺《うかが》うように彩人を見た。

「私は、これから室井ユキエに会いに行きますが、宮籠さん、貴方《あなた》は、どうなさいますか？」

「どうって」

目をすがめて相手を見やった彩人が、訝しげに訊き返す。

「僕なんかが一緒に行っても、いいんですか？」

「ええ。でなければ、誘いません」

「それはそうでしょうけど……、それに、そもそも、これは、捜査が終了した事件なんですよね？」

「そうです。ご存知の通り」

「なら、どうして……？」

彩人が戸惑ったように見返していると、チラッと壁の時計を見あげた朽木が、焦《じ》れたように畳み掛ける。

「どうします？　行くんですか？　行かないんですか？――ほら、とっとと、決める！」

それに対し、慌《あわ》てて立ちあがりながら、彩人は答えた。

「それは、もちろん。ぜひ、お供させてください」

6

新宿区にある線路脇《わき》の小さなアパートに、室井ユキエの住まいはあった。

鉄筋コンクリートのアパートは、古いわりにこぎれいで、住み心地の良さそうな物件だ。ユキエの部屋は二階の角部屋で、窓からは、木々の向こうに線路が見える造りとなっていた。

だが、残念ながら、二人が訪ねた時、住人は留守だった。郵便物が溜まっているところを見ると、長期で留守にしているようだ。「室井」と手書きで書かれた表札を見ながら、三度呼び鈴を押し、応答がなかったところで諦《あきら》め、踵《きびす》を返す。

東京でも真夏日を記録した今日、日差しと暑さはひどかったが、まだ、関東地方に梅雨明け宣言は出ていない。

汗をぬぐいながら二人が階段をおりていると、前方から、ガラガラとトランクを引きずってくる音が聞こえてきた。

ビルの多い路地に、その音はやけに響いている。

見れば、明らかに旅行帰りであるらしい、肩まで伸びた茶色い髪にサングラスをかけた背の高い女性が、こっちに向かって歩いてくるところだった。

彩人と朽木が顔を見合せる。

女性が階段の下に来たところで、朽木が声をかけた。

「もしかして、室井ユキエさんですか？」

「そうですけど、どなたですか？」

朽木は警察の身分証を取り出し、見せながら続ける。

「私、鎌倉署の刑事で朽木と申します」

「鎌倉署……」

意味ありげにつぶやいたユキエが、荷物を持ち上げながら応じた。

「鎌倉署の刑事さんが、なんの用です？」

「それは、説明すると長くなるのですが、室井幸生さんの亡《な》くなったお兄様の元恋人の夫が自殺なさり、そのことで、ちょっとお話を伺いたくて……」

「自殺？」

部屋のドアに鍵《かぎ》を差し込んでいたユキエが、驚いたように振り返り、すぐに「ふうん」と皮肉気に笑う。

「そっか。あの人、自殺したんだ……。ま、当たり前か」

付け足された言葉を聞き咎《とが》め、朽木と彩人が眉《まゆ》をひそめる。

だが、今回は、彩人のほうが、余計な口をはさまないように釘《くぎ》をさされているため、朽木が主導権を握って問う。

「当たり前って……、もしかして、有平淳平さんの自殺のことで、なにかご存知なんですか？」

「――ええ、知っています」

否定するかと思いきや、あっさり肯定され、朽木と彩人は拍子抜けした。

その前で、サングラスを外したユキエが、二人を順繰りに見て続ける。

「そちらも、そう考えて、ここに来たんでしょう？」

「……ええ、まあ」

応じた朽木が、申し出る。

「とにかく、少しお話を伺えませんか？　お時間は、取らせませんから」

「いいですよ。――まあ、立ち話もなんなので、汚いですけど、どうぞ、あがってください」

部屋は、言うほど汚くはなく、長期で家を空けていたせいで、色々な匂いが籠っているくらいだった。

窓を開けて換気をしていると、外を、頻繁に電車が通り過ぎていった。

2DKの部屋に置いてある白い小さなソファーに並んで座った二人に、キッチンにいる室井ユキエが、お茶を淹《い》れながら話しかける。

「電車の音って、あんがい、落ちつきません?」

「そうですね」

同意した彩人が、続ける。隣で朽木が軽く睨《にら》んできたが、日常会話なので、しゃべってもいいと、彩人は勝手に判断したのだ。

「前に、なにかで読んだことがありますが、最近のマンションなんかで、壁越しに聞こえる音や通風孔を通して響いてくる生活雑音などに比べると、電車が立てる音というのは、遥《はる》かに人の神経を逆なでしない波長を持っているそうです」

「ああ、わかります。――もっとも、電車が好きなんて、そんなところだけ、男の子の部分が残っているようで、ちょっと皮肉なんですけど」

お盆にお茶を乗せて運んできたユキエが、それを二人の前に置きながら、笑う。きれいに化粧をした女性の顔。

そこに、もはや、男の気配はない。

どうやら、室井幸生は、本当に、もうこの世に存在しないらしい。

二人の横に座り込み、ユキエが自分もお茶を飲みながら「それで？」と話をうながした。

「訊きたいのは、コウちゃんのこと？」

「より正確には、室井幸介さんのことが、有平淳平さんの自殺と、どう関係するのかをお聞きしたくて来ました」

「自殺ねえ」

疑わしげに応じたユキエが、朽木を見て問う。

「本当に、彼、自殺したんですか？」

「はい。――ご存知ではなかった？」

「知りませんでした」

朽木が、指摘する。

「でも、亡くなる直前に会って、有平淳平に寄木細工の箱を渡したのは、ユキエさんですよね？」

「そうですけど、私は、あの男と話したあと、すぐに終電で帰りましたから」

「でも、寄木細工の箱を渡したのは、渡したんですよね。その時、有平淳平さんは、どんな反応を示していましたか？」

「反応……」

少し考えたユキエが、言う。

「怯《おび》え……ですかね。まあ、順風満帆な自分の生活が、足元から瓦解《がかい》すると思えば、誰もが、そうなると思いますけど」

「足元から瓦解？」

首をかしげた朽木が、チラッと彩人と顔を見合せてから、訊く。

「ということは、室井幸介さんに関して、有平淳平さんは、なにか負い目のようなものでもあったということですか？」

「ええ。私も、そのことを確認したくて、彼に会いに行きました。そうしたら、思った通り、あの男は最低の男でしたよ。その事実を突きつけてやったら、えらく動揺して……。それで、私、言ってやったんです。今後、絶対に、コウちゃんの存在を忘れさせないって――」

そこで、電車の音に耳を傾けたユキエが、遠くを見ながら言った。

「だって、コウちゃんは、家族の中で、私の唯一《ゆいいつ》の理解者だったから」

「理解者……」

朽木が、念の為《ため》に確認する。

「それは、性同一性障害ということですよね？」

「そうです」

つらそうに口元を歪《ゆが》め、ユキエが続ける。

「私たちが住んでいたところは、かなり山間部にある田舎町で、私みたいな人間の存在を簡単には受け入れてくれない雰囲気がありました。中でも特に、公務員だった父にはまったく理解してもらえなくて、結局、高校にあがってすぐ、そんな生活にがまんできず、家を飛びだして東京に出てきてしまったんです。……ほら、昨今、テレビなんかでは、私のような人たちが堂々とお仕事をしているでしょう？」

「まあ、そうですね」

「そういう人たちを見るにつけ、私も、東京に出れば、のびのびと生きられるんじゃないかと思ったんです」

首をかしげた朽木が、訊く。

「それで、実際、のびのびと生きられましたか？」

とたん、ユキエは鼻で笑って首を横に振った。

「まさか。世の中、そんなに甘くないですよ」

「まあ、そうでしょうね」

「一言では言い表せないくらい大変でした。東京に出てきてすぐは右も左もわからず、かといって、人を頼ろうにも、みんな自分のことで手一杯といった感じで構ってくれなくて、そうかと思えば、おかしな人や怖い人もたくさんいて……。ホント、死にたくなりましたよ」

朽木が、労《いた》わるような表情を浮かべて尋ねた。

「それでも、田舎に帰ろうとは思わなかったんですか？」

「思いません。帰っても、あの家にいたら、私はきっと息苦しさでおかしくなってしまっただろうし、それに、なんだかんだ言っても、少しずつですが、理解し合える仲間もできて、なんとか生きてこられましたから」

「……きっと、すごく、苦労されたんでしょうね」

朽木は、ポツリともらした。

心からの言葉だ。

十代の若さで親の援助なく生きようとするのは、まさに、想像を絶する苦しみがあっただろう。都心を離れた警察署でさえ、親との間に問題を抱え、行き場をなくして苦しんでいる子どもたちが、時折、補導されてくるのだ。

彼らの一様に荒《すさ》んだ表情。

それが、都心ともなれば、かなりの数の子どもたちが、誰の助けも得られないまま、日々悩み苦しんでいるはずだ。

ユキエが、うんうんと頷いた。

「たしかに苦労はしましたが、でも、そんな中、親元にいたコウちゃんが、貯《た》めていたお小遣いなどからこっそり仕送りしてくれて」

「仕送り？」

「そう。お金って、こういう時、本当に役に立つんですよね」

「なるほど」

朽木が、聞き手から刑事の顔になって訊く。

「でも、高校生の彼に、よくそんなお金がありましたね？」

「それは、前もって準備していたからだと思います」

「準備？」

「そう」

うなずいたユキエが、紅茶のカップを撫《な》でながら昔話を始める。

「私、小学校の頃から自分の性に対して違和感を覚えていて、中学にあがってすぐ、そのことをコウちゃんに相談したんです。……私たち、昔から、すごく仲が良かったから」

そう言うユキエの表情には、まるで、自慢の兄のことを話す妹のような誇らしさがあった。

　朽木が尋ねる。

「中学生だった幸介さんは、すぐに理解してくれました？」

　中学生といえば、多感な年ごろだ。

　自我の確立や、性への欲求の目覚め。

　そんなあらゆる精神的肉体的変化を通過する中で、身近な兄弟のそういった感覚を、素直に受け止めることができるものなのだろうか。

　だが、あんがい、あっさりユキエはうなずく。

「はい。すんなり、受け止めてくれましたよ。……まあ、彼も現代っ子というか、お笑い番組とか大好きで、間近にそういう芸能人を見ていたからというのもあるんでしょうけど、本当にあっけらかんと『それくらい、今どき、そんな悩むようなことではないだろう。お前らしく堂々と生きろよ』と言って励ましてくれました」

「なかなか達観していらっしゃる」

「すごく、嬉《うれ》しかったです。生きてていいんだって思ったし」

「良かったですね」

「ただ、たぶん、コウちゃんが密《ひそ》かにお金を貯め始めたのは、その時からだったのだと思います。きっと、私が、いつか、親にがまんできず、家を飛び出すのがわかっていたんでしょうね。……実際、そうなったわけだし」

「なるほど。そういうことですか」

納得した朽木が、微笑《ほほえ》む。

「とても聡明《そうめい》で、懐《ふところ》の深い人だったんでしょうね」

「コウちゃん？」

「ええ」

「それは、もちろん。ものすごくいい人間でした」

ユキエは断言し、棚の上に置いてある写真に目をやる。そこには、「ミンネの箱」に入っていたのと同じ写真が飾られている。

「それなのに、あの男――」

ふいに憎々しげな口調になったユキエに、朽木が訊く。

「あの男というのは、有平淳平さんですよね？」

「そう――」

紅茶のカップを握り締め、怒りを堪《こら》えるように目を瞑《つむ》ったユキエが、一度お茶を飲み、気分を鎮《しず》めてから新たに話し始めた。

「コウちゃんが東京の大学に受かってこっちに出て来てからは、私たち、頻繁に会うようになっていたんです。その頃には、私、料理も得意になっていたから、よくご飯を作ってあげて一緒に食べたんですよ。……あの頃が、一番、楽しかったな」

切なそうに遠くに視線をやり、ユキエは小さく笑う。

「ちょっとだけ恋人気分で」

「恋人――」

朽木が、もどかしそうにつぶやく。

兄弟で恋人気分。

でも、たぶん、それはユキエの一方的な想いで、幸介は、その時、すでに好きな女性ができていたのだろう。

サークルで知り合った有平成美だ。

そのことを、ユキエ自身が教えてくれる。

「で、そうやってご飯を食べていた時に、ある日、コウちゃんが、彼女のことを話してくれました。――好きな女性がいるって」

「有平成美さんのことですね？」

「そう。コウちゃんの一目惚《ひとめぼ》れだったそうですよ」

「ああ、成美さん、きれいだから」

言った瞬間、小姑《こじゅうと》のような嫉妬《しっと》心が、ユキエの瞳《ひとみ》をよぎる。

「ホント、そう。実際、当時からすごくモテるという話は聞いていました。付き合う前に、コウちゃんからそのことを相談されていて、コウちゃんってば、自分には手の届かない人だって、いつも嘆いていました」

「そうだったんですか」

「ま、いわゆる『高嶺《たかね》の花』でしたね。――でも、コウちゃんが私を応援してくれたように、私もコウちゃんを精一杯応援して、なんとか、コウちゃんのほうから告白させたんです。そうしたら、なんと、彼女が選んだのは、他の誰でもない、さして見場はパッとしない、田舎くさいコウちゃんだったんですから、びっくりでしょう？」

そこは、「そうですね」とは言えず、朽木は苦笑して応じる。

「良かったじゃないですか。上手《うま》くいって」

「まあ、そうかな。……私、実は、最初、あまり彼女のことを好きではなかったんですけど、コウちゃんを選んだことで、すごく好きになりました。けっこう、見る目あるなって」

「好きではなかったって、彼女に会ったことがあるんですか？」

意外に思って朽木が訊くと、ユキエの表情が翳《かげ》り、「――ううん」と小さい声で否定した。

「私が勝手に見に行っただけで、会ってはいません。――コウちゃん、私に紹介するの、ためらっていたから」

「ためらっていた?」

「そう。コウちゃん自身、そのことで、すごく悩んでいました。成美さんに、私のことを紹介したいけど、彼女が自分のように考えるか、それとも親のような拒絶反応を見せるか、まだ、今の段階ではわからないから、どうしても、彼女に私のことを言えずにいるって。……それを、ものすごく申し訳なさそうに、話してくれました」

「そうですか。それは、つらかったでしょう」

「もちろん、つらかったけど、気持ちはわかるから、文句は言えませんでした。コウちゃん、私と親の諍《いさか》いをさんざん見てきて、たぶん、ずっと傷ついていたはずなんです。……それはそうですよね。誰だって、好きな人たちが、本気でいがみ合うのを見たいとは思わないでしょう」

「たしかにそうですね」

「それに、あれだけひどい親の反応をそばで見てきたから、成美さんが同じような反応を示すのを見るのは忍びなかっただろうし、そのことで、嫌われるのも、耐えられなかったんだと……」

「――可哀《かわい》そうに」

心底、気の毒そうに言った朽木に、ユキエが笑顔を見せる。

「いいんです。私のせいで、コウちゃんの幸せが壊れるのは嫌だったから、別に話さなくてもいいと思っていました。私は、コウちゃんさえ認めてくれていれば、それで構わなかったんです。世の中には、色々な考え方をする人がいるし、生理的に受け入れられるものと受け入れられないものがあるのは、仕方ないですから」

おそらく、そう言えるようになるまでに、随分と嫌な思いもしたのだろう。人には、理不尽さを乗り越えることで、手に入れられる大切なものがある。

ユキエが言った。

「それに、コウちゃん、約束してくれたし」

「約束？」

「そう。もし、成美さんに結婚を申し込むようなことがあれば、その時は、絶対に私のことを話すって。しかも、最初に祝福してもらうって」

「そうなんですか？」

「うん。――もっとも、結局、その機会は、永遠に訪れませんでしたけど」

そこで、ふたたび憎々しげな表情になって、ユキエが吐き出す。

「その前に、コウちゃんは……」

夏の湖で、溺死《できし》した。

ユキエが、もう一度、室井幸介が写っている写真のほうに視線をやり、つられて朽木も写真を見る。

「……本当に残念でしたね」

写真を見ながら言った朽木に、スッと鋭い視線を投げかけたユキエが「残念？」と応じた。

「残念なんて、そんな簡単なものではないですよ！――私は、有平淳平のことを、絶対に許さない！　死んだ今でも、許す気はないです！」

相手の怒りに呑《の》まれつつ、朽木が問い返す。

「――それは、どうして？」

いったい、有平淳平と室井幸介の間に、なにがあったのか。

朽木の脳裏に、「ミンネの箱」から出てきた風邪薬の空き箱がよぎる。

これまでの事実から、ある程度の結論は予想できるが、何故《なぜ》、そうなるに至ったかがわからない。

ユキエが話しだす。

「大学のサークルの中でも、成美さんは、ずば抜けて人気があったようで、コウちゃんと成美さんが付き合っているのを知った上で、あれこれ粉をかけてくる男が大勢いたようなんです」

「横恋慕というやつですね？」

「そう。――有平淳平も、その一人」

「そういえば、有平さんも、同じサークルにいたんですよね？」

「コウちゃんの一つ上の先輩で、当時、サークルの代表をしていました。田舎出身の冴《さ》えないコウちゃんと違い、鎌倉のお坊ちゃんだった彼は、お洒落《しゃれ》で、女の子にかなりモテていたようです。成美さんとは、親同士が知り合いで、将来、二人が結婚したらいいという話も出ていたと聞いてます。——もちろん、噂《うわさ》だけなので、本当かどうかはわかりませんが」

「ということは、有平淳平さんは、当時から、成美さんに好意を寄せていたということでしょうか？」

「そう聞いています。——というより、コウちゃんと付き合うに当たって、成美さんが振った中に、あいつも入っていたんだと思います」

「なるほど」

「たぶん、あいつは、そのことががまんできなかったんでしょうね。プライドが高そうな男だったから」

朽木は、同じようなことを、成美が言っていたのを思い出す。

長男で、両親の期待を一身に背負った有平淳平は、プライドが高く、少しわがままで、欲しいものはなんとしても手に入れないと気が済まないようなところもある、と。

過去の記憶に気を取られかけた朽木の耳を、次のユキエの一言が突き刺した。

「――それで、あの日、あいつは、コウちゃんを殺したんですよ」

「――」

唐突になされた爆弾発言に対し、朽木が驚いて身を乗り出す。

「殺したって、どういうことです？」

「どうもこうも、文字通り、殺したんです」

朽木が、眉をひそめて言い返す。

「でも、あれは、事故ですよね？」

朽木は、念の為、東京の警察署に出向いて、室井幸介が死亡した事件の資料に目を通していたが、特に不審な点は見つからなかった。

あるとしたら、やはり、室井幸介が風邪薬を飲んでいたことか。

ただ、恋人であった成美が素通りしてしまったように、市販の風邪薬など、誰だって簡単に飲むものである。

当時の警察もそう考え、室井幸介は、水難事故による溺死と判断した。

その時の状況も、酔っぱらっている人間は大勢いたが、それでも、泳げない人間を強引に突き飛ばしたりはしていないようだし、行き過ぎのいじめ行為があったわけでもない。

それなのに、ユキエは、有平淳平が室井幸介を殺したと断言している。

何故なのか――。

「表向きは、たしかにそう」

口元を歪めたユキエが、「だけど」と勝ち誇ったように宣告する。

「私が、あの日、証拠となるものを突き付けてやったら、あの男、観念して、白状したんです」

「――それが、あの風邪薬の空き箱ですか？」

ユキエが、チラッと朽木を見て、楽しそうに言った。

「ああ、アレに気づきました？」

「はい」

ユキエが、説明する。

「私、こっちに出て来てから、ずっと水商売をしているんですけど、その手の店ってどこも、色々な人が来るんですよね」

「……はあ」

話がどこにつながるかわからず、曖昧《あいまい》な返事をした朽木に、ユキエが言う。

「色々な人の中には、貴方のような刑事さんもいて、彼らの場合、純粋に遊びに来るというよりは、こっそり情報を集めにくるんです。お水の世界には、さっきも言ったように色々な人が来て、さまざまな情報を落としていくから」

「なるほど」

たしかに、朽木自身は、まだ聞き込み以外で行ったことはないが、同僚の中には、馴《な》染《じ》みのホステスやバーテンがいる人もいた。おそらく、大倉も、一人や二人、その世界に情報源を持っているはずだ。

ユキエが続ける。

「もちろん、私たちのほうでも、馴染みの刑事がいれば、いざという時に助けてもらえるから、ある程度、融通は利《き》かせます。——で、話はここからなんだけど、そういった中の一人に、コウちゃんの事件があった時、現場に制服警官として関わっていた刑事さんがいて、その人から、最近になって事件のことを詳しく聞くことができたんです」

「……そうですか」

「それで、コウちゃんが、溺《おぼ》れる前に風邪薬を飲んでいたことを知りました。当時の新聞にはそこまで詳しい情報は載っていなかったから、私も、知り合いから訃《ふ》報《ほう》を聞かされた時は、てっきり不幸な事故だと思い込んでしまって、ただただ悲しんでいました。だけど、刑事さんから薬のことを聞いて、しかも、それが市販されているものだとわかって、それはおかしいと思ったんです」

「何故ですか？」

「コウちゃん、その風邪薬は飲まないはずなんですよ」

「そうなんですか？」

　朽木が、興味をそそられたように相手を見つめる。同じことを、成美も話してくれた。

「でも、どうして？」

「体質に合わないから」

　簡潔に言ったあと、ユキエは説明を加える。

「私たちが住んでいたところは本当に田舎で、ドラッグストアなんて洒落たものは近くにありませんでした。代わりに、すぐそばに小さな病院があったので、風邪を引いた時などは、市販薬ではなく、病院で処方された薬ばかり飲んでいたんです」

「へえ」

　田舎育ちではないが、朽木の友人には、そのほうが保険が利いて安上がりだと言う人もいた。

　ユキエが続ける。

「だから、私たち、小さい頃に市販薬を飲んだことはほとんどなくて、東京に出て来てから、飲むようになったんです。そのせいかどうかわかりませんが、二人とも、体質に合わない薬が多くて、特に、コウちゃんが飲んだとされる市販薬は、意識がもうろうとするから、意識的に避けていました。もちろん、飲んだからといって毒ではありませんし、効き目はあるのでしょうけど、とにかく、眠気がひどくて、無理に起きていると体が重くなってくるくらいだったんです。だから、私も、仕事がある時には絶対に飲みません」

「それは……」

真剣な表情になって身を乗り出す朽木に、「そうです」と深く頷いて、ユキエは言った。

「コウちゃんが、これから湖で遊ぼうなんていう時に、その市販薬を飲むとは思えないし、仮に、その場にそれしかなくて飲んだのなら、間違っても湖に入るようなことはしなかったはずです。そんなことをしたらどうなるか、誰よりもわかっていたはずですから」

「――ということは」

「たぶん、そうとは知らずに、飲まされたんです」

きっぱりと言い切ったユキエが、「だから」と続ける。

「有平淳平に、同じ風邪薬の空き箱を見せて脅してやったんですよ。これから、知り合いの刑事に頼んで、現場に残されていた空き箱の指紋と、その場で彼が触ったものの指紋を照合させるから覚悟しろって――。もちろん、そんな証拠品が残されているなんてウソだったんですけど、彼、すごく怯えた調子で、私に言いましたよ」

「……なんて？」

「あんなことになるとは、思わなかったって――」

それは、つまり、室井幸介に、体質に合わない風邪薬を飲ませたことは、認めたということだ。

その時のことを思い出したのか、ユキエが、憎々しげに鼻を鳴らして、「あの男」と続ける。

「前に、飲み会で、コウちゃんから、市販薬を飲んで試験勉強ができなかったという失敗談を聞いたのを覚えていて、あの日、炭酸飲料に混ぜて、それとはわからないように飲ませたそうです。私も実験してみましたが、その炭酸飲料なら、色も濃くて独特な匂《にお》いがするから、液体の風邪薬を混ぜても、まったくわからないんです」

朽木が、眉をひそめて尋ねる。

「だけど、どうしてそんなことを？」

「自分が成美さんに振られたのが許せなくて、みんなの前で、幸介のカッコ悪いところを見せてやろうと思ったそうですよ。そんなことをすればどうなるか、考えなくてもわかりそうなものなのに、あの男は、ただの嫌がらせのつもりでやったんです。でも、そもそも、人の溺れる姿を見て楽しむなんて、信じられますか？」

吐き捨てるように付け足したユキエに、朽木も深く同調する。

二十歳にもなって、自分の取った行動が、どんな結果をもたらすか想像もできないというのは、かなり愚かである。まして、それが、人の生死にかかわるようなことであれば、なおさらだ。

そして、有平淳平は、若き日にしでかした取り返しのつかない過《あやま》ちが露見することに絶望し、みずから命を絶ったということらしい。

この場合、過ちは過ちでも、明らかに犯罪である。

ただ、朽木にしてみれば、そうだとしても、なにも、自殺するほどのことではないように思えた。残された人間のことを思えば、それは、ある意味、罪に罪を重ねるようなものではないか。

たしかに、悪意があってやったいたずらとしては最悪だが、決して殺意を持ってやったわけではなかっただろう。あくまでも市販薬であれば、体調いかんでは、必ずしも死に至ったとは限らないわけで、最終的には不幸な事故であったと言わざるを得ない。

あるいは、過失致死。

少なくとも、それで、殺人罪を科すのは難しい。

それでも、有平淳平は、発作的に自殺した。

何故か。

（リセット……）

朽木は、ふと、有平成美が夫について語った言葉を思い出す。

完璧《かんぺき》主義者――あるいはナルシストであった有平淳平は、自分の経歴に傷がつくのを極端に嫌っていて、リセットボタンがあるようなゲームは、すぐにリセットしていたという。だが、当然、人生にリセットボタンはないので、人生をリセットしたければ、自殺するしかない。

おそらく、有平淳平は、そう思ったのだろう。

いや、思う前に、反射的にリセットしてしまったのかもしれない。

考えに浸っていた朽木が、顔をあげて訊《き》く。

「ちなみに、このことを成美さんには？」

ユキエが、小さく首を横に振って苦笑する。

「話していません」

「そうですか」

そこで、ついに彩人が口をひらいた。

「――すみません、一つだけ」

ユキエが、彩人を見た。

「お聞きしてよければ、貴方《あなた》が、男として成美さんに会ったのは、なぜですか？」

とたん、ユキエの表情が変わる。

「成美さん、あの日、会ったのが、ユキエだったと知っているんですか？」

「いえ。知らないはずです。彼女は、自分が、幸介さんの亡霊と会い、彼との子どもを身籠《みごも》ったと信じています」

「……よかった」

ホッとしたように応じたユキエが、「成美さんは」と言う。

「なにも知らないんです。ただ、成美さんが、コウちゃんのことをまだ愛していると知って嬉しくなって、しかも、あの男との結婚生活に倦《う》んでいるようだったので、コウちゃんの子どもを産ませてあげたいと考えたんです。――もちろん、私にしてみれば、有平淳平に対する復讐《ふくしゅう》という想《おも》いもありましたが、それは、私の一方的な憎しみだけで、成美さんには、自分の愛した男性との子どもを作って欲しかった。――コウちゃんのためにも」

そこで、不可思議な微笑を浮かべたユキエが「それに」と言う。

「実際、私は、女性相手にはできないはずなのに、あの時は、まるで、コウちゃんがのり移ったみたいに、すんなり、できたんですよ。――うん、たぶん、あの時、二人の間には、たしかにコウちゃんがいました」

遠くを見つめるような目で言ったユキエが、つと彩人に視線を戻して確認する。

「成美さん、コウちゃんの子どもを産みますよね？」

チラッと朽木と目を合わせた彩人が、ゆっくりとうなずく。

「ええ。間違いなく」

それからほどなくして、彩人と朽木はユキエの元を辞した。

終章

「――ということで、一応、室井幸介さんの溺死《できし》については、被疑者死亡ということで書類送検することになりました」

週末。

朽木刑事が宮籠邸を訪れ、湖での溺死事件について、そんな事後報告をしてくれた。

都内で起きた事件である上、容疑者が自殺していて自白がとれないため、再捜査は絶望的と思われていたが、室井ユキエが、真相が暴露された時の有平淳平との会話を録音していたことがわかり、県警を通じて警視庁に報告され、結果、書類上の手続きが行われることになったのだ。

それで、なにが変るわけではないだろうが、少なくとも、当事者たちの生活には、多少なりとも変化をもたらした。

とりわけ影響を受けたのは、もちろん、被害者の恋人であった有平成美である。

すでに、彩人から、昔の恋人の溺死の真相について知らされていた成美は、最初は衝撃を受けていたが、落ちつくにつれ、夫の自殺の原因が自分にないことに安堵《あんど》し、すっかり元気を取り戻した。同時に、母となる自覚ができたのか、以前より、はっきりものを言うようになった。

そんな彼女が、まず行動に移したのは、有平家から籍を抜くことだった。過去に息子がしでかしたことを思えば、有平家に引き止める権利はなく、また成美のお腹《なか》の子どもが息子の子でないことも判明したため、両者引き分けという形で円満に離縁できたようだ。

もっとも、親同士が、以前のような付き合いをすることはないだろう。

彩人からその話を聞いた朽木が、どこか気がかりそうに訊《き》いた。

「それで、成美さんは、これからどうなさるんでしょう？」

彩人が、白い紅茶茶碗《ぢゃわん》に注がれたルビー色のブレンドティーを口にしながら、「心配なさらなくても」と応じる。

「現在の家を売り払ったお金を有平家と折半にし、それを元手に、横浜にマンションを購入するそうですよ。それに、僕の叔母が――」

言いかけたところで、朽木が訊く。

「あの、葬儀の時に、お花を担当なさった？」

たぶん、正確には、「葬儀の時に、彩人を怒鳴りつけた」と言いたかったはずだ。

「そうです。成美さんは、叔母の教室の生徒さんでもあるので、叔母のほうで、経営するフラワーショップの店員として雇い入れてくれることになりました。それと、教室のほうの手伝いも本格的にしてもらうそうですから、まあ、母子家庭で子育てをするのに、仕事に困ることはないでしょう。叔母は、働きながら子育てをする大変さを身を以《もっ》て知っているので、そういう女性への待遇は格段にいいんです」

「それは、いいことですね」

本気でそう思っているらしく、柔らかく笑った朽木が、自分もブレンドティーに口をつける。

だが、一口すすったとたん、眉間《みけん》にしわが寄る。

「……すっぱい」

「ハイビスカスとローズヒップをベースにしているので、女性の身体《からだ》には、とてもいいんですけど」

「……ああ、どうやら、私、女性ではないみたいで」

「おやおや」という顔をした彩人が、「それなら」と申し出る。

「八千代さんに言って、別のお茶を淹《い》れてもらいましょうか？」

「いえ。お気遣いなく。私は、もう帰ります。これからジムに行って、身体を鍛えようと思っているので」

そう言い残して立ち去った朽木の凜々《りり》しい後ろ姿が見えなくなったところで、他所《よそ》を向いたまま、彩人が声をあげた。

「立花君。いい加減、出て来たらどうだい？」

とたん。

近くの茂みで「ひゃあ」という能天気な声があがり、すぐにガサゴソと枝をかき分ける音がする。

ほどなくして現われた真は、相変わらず、全身に葉っぱや小枝をまとっていた。

それを横目に見て、彩人が冷たく言う。

「――まったく。君は、そうやって、どこででも盗み聞きをしているのかい？」

「まさか。滅相もない！」

「でも、この前も、庭に隠れていただろう」

この前というのは、ここで、朽木と二人、成美の話を聞いていた時のことだ。

あの時、彩人は、茂みの間に揺れ動く頭があるのに気づいていたが、声をかけるタイミングを逸してしまい、次に気づいた時には、もういなくなっていた。おそらく、話の内容が深刻過ぎて、彼も出るに出られなかったのだろう。

真が、空を見上げてすっとぼける。

「そんなこと、ありましたっけ？」

「とぼけるんじゃない」

「――でもまあ」

彩人の追及を無視して、真は言った。

「成美さん、よかったですね。元気になって」

そこで、彩人がいぶかしげに真を見る。

「元気になってって、まるで見てきたみたいに言うけど、彼女に会ったのかい？」

「会いましたよ。昨日、カルチャースクールの教室に出てきたので、その時に話しました」

「へえ」

それなら、本当に元気になったのだろう。

彩人が思っているうちにも、勝手にそばに座り込んでポットの中を覗《のぞ》き込んだ真が、

「そういえば」と訊く。

「結局、成美さんの子どもの父親って、誰になるんでしょうね？」

頬杖《ほおづえ》をついて他所を向いた彩人が、「さあ」と応じた。

「誰だろうね」

それに対し、ポットの蓋《ふた》を閉じた真が、身を乗り出して尋ねる。

「気になりません？」

「別に」

「でも、このままだと、本当に、亡霊の子どもってことになっちゃいますけど」

顔を戻した彩人が、頬杖をついたまま首をかしげて応じる。

「それでも、いいんじゃないか？」

「……いいんですか？」

「うん。なんと言っても、彼女は『受胎告知』で子どもを授かったわけだから」

「『受胎告知』……」

そこで、テーブルの上の白ユリに目を移し、悩ましげに考え込む真の前で、彩人も考える。

実際、子どもの父親は、ある意味、すでにこの世に存在しない。本当に、あの一瞬だけ、この世界に現われた人物と言ってもいい。

ただ、それだと、子どもが生きていく上で必要以上に苦労する可能性も出てくるので、折をみて、室井ユキエに認知させる必要があるかもしれない。

その辺りをどうするか――。

まあ、まだ時間はあることだし、全員が納得のいく方法を、ゆっくり考えていけばいい。

彩人が、そんな結論を出していると――。

「おや？」

ポーチに出てきた八千代が、真に気づいて声をかけた。

「立花様、いらしてたんですか」

「いらしてたんです」

「ご予定より、早いご到着でしたね」

「あ〜、はいはい」

気がかりそうにチラッと彩人を見ながら応じた真に対し、もの思いから覚めた彩人が、パッと顔をあげて言う。

「ご予定？」

八千代がうなずく。

「はい。このあと、お二人で、ご昼食がてらの打ち合わせと伺っておりますが」

彩人が真を見れば、サッと横を向いて知らん顔している。

その横顔に向かって、彩人が訊いた。

「立花君。僕は知らなかったけど、そんなご予定なんて、あったっけ？」

「いやだなあ、センセイ。僕たちの間で水臭い。ご予定なんてものはなくたって、僕はいつだってセンセイの——」

その言葉までは彩人の顔を見ず、手をヒラヒラ振りながらのたまっていた真であったが、急に「あ！」と声をあげ、びっくりしたように彩人のほうを振り返る。

「ヤバイ。ありましたよ、センセイ」

「あったって、なにが？」

「ご予定」

「なんの？」

「忘れていたけど、原稿の締め切り、今日です」

「――え？」

疑わしげに眉《まゆ》をひそめた彩人が、目を動かしてカレンダーを捜していると、お盆に美《お》味《い》しそうな昼食を乗せて運んできた八千代が、心得たように「本日は」と今日の日付を伝え、そのあとで問いかける。

「――ということで、間違いなく、『花みくじ』と『今月のひとはな』の原稿の締め切り日でございますが、彩人様、御昼食はいかがなさいますか？」

「……ジーザス」

つぶやいた彩人の前で、ホクホクとテーブルについた真が、「センセイ、僕なら、ご飯を食べながら待ってますから、気にせず、お仕事してくださ～い」と言い、さらに「いっただきま～す」と手を合わせて、さっさと一人、豪華な昼食にありついた。

それを口惜しそうに眺めやった彩人が、ややあって仕方なさそうに腕を伸ばし、そばにあったパソコンを引き寄せる。

すぐに、カタカタとキーボードを打つ音が流れ出す。

そんな彼らの間では、テーブルに飾られた白ユリが、恥らうように、その清らかな頭《こうべ》を垂れていた。

あとがき

初めまして、篠原美季《しのはらみき》です。

以前、新潮文庫のほうで「よろず一夜のミステリー」というシリーズを持たせていただいたので、正確には、初めましてではない方もいらっしゃるとは思いますが、このレーベルではお初となるので、この挨拶《あいさつ》で始めさせていただきました。

新レーベル「新潮文庫ｎｅｘ」立ち上げに伴い、私も、こうして後続で作品を書く機会を与えていただけたことを、とても光栄に思っております。

ということで、「華術師　宮籠彩人《みやこもりあやひと》の謎解き」、始めました。

きっかけは、単純にお花が好きだからでしょうか。

お花を飾るだけで部屋が生き生きするし、お花を上手に育てられる人にものすごく憧《あこが》れがあるんです。私の場合、水をやり過ぎ、あるいはやり忘れで、すぐ枯らしてしまうから……。虫も嫌いだし。

このシリーズを始めるにあたって、最初に浮かんだのが、花に埋もれて佇《たたず》む佳人です。

それも、男性。

舞台に鎌倉を選んだのは、鎌倉を散歩している時に、やっぱりお花といえば鎌倉よね～と実感したからです。古都鎌倉は、京都や金沢に並んで生け花が似合う街です。

しかも、観光地として賑《にぎ》わっている海側の鎌倉ではなく、山側の鎌倉が意外によくて、この前、お散歩に行ったら、とても清《すが》々《すが》しく魂が洗われるような時間を過ごすことができました。

あ～。暑さも和らいできたし、また鎌倉、行ってこようかな。

なんて、私事はともかく、このシリーズでは、毎回、一つの花をテーマに、それに絡《から》んだ話をお届けできたらと思っています。

ただ、逆に言うと、自ら決めている括《くく》りはそれだけなので、内容が、歴史ミステリー風になっても、人情ミステリー風になっても、それこそ、科学小説風になってもいいと思っています。

なによりまず、「華術師」ってなに？……という、そこがすでにミステリーなわけですが、それは、どうぞ内容をお読みになって、「なるほど？」と思ってください。あくまでも、クエスチョンマーク付きの「なるほど？」であることがわかっていただけると思います。

そういえば、この作品、私にしては珍しく、登場人物にそれぞれ、現実に活躍なさっている俳優さんをイメージしているのですが、主人公の宮籠彩人と朽木《くちき》刑事は、担当編集者とも意見が一致し、納得してもらえたのですが、立花真《たてはなまこと》を、「阿部《あべ》サダヲさんなんですけど」と言ったら、びっくりされてしまいました。

それと、脇役《わきやく》ですが、大倉刑事は、もし、ご存知の方がいらっしゃったらぜひとも、「ナイロン１００℃」の大倉孝二さんを想像しながら読んでみてください。きっと二倍楽しく読めるのではないかと思います。

最後になりましたが、素晴らしいイラストをご提供くださった田倉《たぐら》トヲル先生、本当にありがとうございます。これからしばらくお付き合いが続きますが、どうぞよろしくお願いします。また、この本を手に取ってくださったすべての方に、多大なる感謝を捧《ささ》げます。

では、次回作でお目にかかれることを祈って――。

これで夏も終わるかと思われる肌寒い午後に。

篠原美季　拝

本書は新潮文庫のために書き下ろされた。

相沢沙呼著

スキュラ&カリュブディス
―死《タナトス》の口吻《くちづけ》―

初夏。街では連続変死事件が起きていた。千切れた遺体。流通する麻薬。恍惚の表情で死ぬ少女たち。背徳の新伝奇ミステリ。

七尾与史著

バリ3探偵 圏内ちゃん

圏外では生きていけない。人との会話はすべてチャット……。ネット依存の引きこもり女子、圏内ちゃんが連続怪奇殺人の謎に挑む!

知念実希人著

天久鷹央の推理カルテ

お前の病気《ナソ》、私が診断してやろう――。河童、人魂、処女受胎。そんな事件に隠された〝病〟とは? 新感覚メディカル・ミステリー。

谷川流著

絶望系

助けてくれ――。きっかけは、友人からの電話だった。連続殺人。悪魔召喚。そして明かされる犯人は? 圧巻の暗黒ミステリ。

水生大海著

消えない夏に僕らはいる

5年ぶりの再会によって、過去の悪夢と向き合う少年少女たち。ひりひりした心の痛みと、それぞれの鮮烈な季節を描く青春冒険譚。

篠原美季著

迷宮庭園
―華術師 宮籠彩人の謎解き―

宮籠彩人は、花の精と意思疎通できる能力を持つ。彼が広大な庭から選ぶ花は、その人の運命を何処へ導くのか。鎌倉奇譚帖開幕!

篠原美季著

よろず一夜のミステリー
—水の記憶—

不思議系サイトに投稿された「呪い水」の怪現象は、ついに事件に発展。個性派揃いのチーム「よろいち」が挑む青春〈怪〉ミステリー開幕。

篠原美季著

よろず一夜のミステリー
—金の霊薬—

サイトに寄せられた怪情報から事件が。サイエンス&深層心理から、「チームよろいち」が、黄金にまつわる事件の真実を暴き出す！

篠原美季著

よろず一夜のミステリー
—土の秘法—

「よろいち」のアイドル・希美が誘拐された。人気ゲームの「ゾンビ」復活のため「女神」として狙われたらしい。救出できるか、恵!?

神永学著

タイム・ラッシュ
—天命探偵　真田省吾—

真田省吾、22歳。職業、探偵。予知夢を見る少女から依頼を受け、巨大組織の犯罪へと迫っていく——人気絶頂クライムミステリー！

神永学著

スナイパーズ・アイ
—天命探偵　真田省吾2—

連続狙撃殺人に潜む、悲しき暗殺者の過去。黒幕に迫り事件の運命を変えられるのか?!最強探偵チームが疾走する大人気シリーズ！

神永学著

ファントム・ペイン
—天命探偵　真田省吾3—

麻薬王〝亡霊〟の脱獄。それは凄惨な復讐劇の幕開けだった。狂気の王の標的となった探偵チームは、絶体絶命の窮地に立たされる。

里見蘭著
さよなら、ベイビー
謎の赤ん坊を連れてきた父親が突然死。ひきこもり青年と赤ん坊の二人暮らしを待ち受ける「真相」とは。急転直下青春ミステリー！

伊坂幸太郎著
オーデュボンの祈り
卓越したイメージ喚起力、洒脱な会話、気の利いた警句、抑えようのない才気がほとばしる！　伝説のデビュー作、待望の文庫化！

伊坂幸太郎著
重力ピエロ
ルールは越えられるか、世界は変えられるか。未知の感動をたたえて、発表時より読書界を圧倒した記念碑的名作、待望の文庫化！

伊坂幸太郎著
ゴールデンスランバー
山本周五郎賞受賞
本屋大賞受賞
俺は犯人じゃない！　首相暗殺の濡れ衣をきせられ、巨大な陰謀に包囲された男。必死の逃走。スリル炸裂超弩級エンタテインメント。

米澤穂信著
ボトルネック
自分が「生まれなかった世界」にスリップした僕。そこには死んだはずの「彼女」が生きていた。青春ミステリの新旗手が放つ衝撃作。

米澤穂信著
儚い羊たちの祝宴
優雅な読書サークル「バベルの会」にリンクして起こる、邪悪な5つの事件。恐るべき真相はラストの1行に。衝撃の暗黒ミステリ。

有川　浩著
レインツリーの国
きっかけは忘れられない本。そこから始まったメールの交換。好きだけど会えないと言う彼女にはささやかで重大なある秘密があった。

有川　浩著
キ　ケ　ン
様々な伝説や破壊的行為から、周囲から忌み畏れられていたサークル「キケン」。その伝説的黄金時代を描いた爆発的青春物語。

辻村深月著
ツ　ナ　グ
吉川英治文学新人賞受賞
一度だけ、逝った人との再会を叶えてくれるとしたら、何を伝えますか――死者と生者の邂逅がもたらす奇跡。感動の連作長編小説。

越谷オサム著
陽だまりの彼女
彼女がついた、一世一代の嘘。その意味を知ったとき、恋は前代未聞のハッピーエンドへ走り始める――必死で愛しい13年間の恋物語。

越谷オサム著
い　と　み　ち
相馬いと、十六歳。人見知りを直すため始めたのは、なんとメイドカフェのアルバイト！　思わず応援したくなる青春×成長ものがたり。

仁木英之著
僕　僕　先　生
日本ファンタジーノベル大賞受賞
美少女仙人に弟子入り修行!?　弱気なぐうたら青年が、素晴らしき混沌を旅する冒険奇譚。大ヒット僕僕シリーズ第一弾！

畠中　恵著　**しゃばけ**

日本ファンタジーノベル大賞優秀賞受賞

大店の若だんな一太郎は、めっぽう体が弱い。なのに猟奇事件に巻き込まれ、仲間の妖怪と解決に乗り出すことに。大江戸人情捕物帖。

畠中　恵著　**ちょちょら**

江戸留守居役、間野新之介の毎日は大忙し。接待や金策、情報戦……藩のために奮闘する若き侍を描く、花のお江戸の痛快お仕事小説。

三浦しをん著　**風が強く吹いている**

目指せ、箱根駅伝。風を感じながら、たすき繋いで、走り抜け！「速く」ではなく「強く」――純度100パーセントの疾走青春小説。

三浦しをん著　**きみはポラリス**

すべての恋愛は、普通じゃない――誰かを強く大切に思うとき放たれる、宇宙にただひとつの特別な光。最強の恋愛小説短編集。

西　加奈子著　**窓の魚**

私たちは堕ちていった。裸の体で、秘密の心を抱えて――男女４人が過ごす温泉宿での一夜と、ひとりの死。恋愛小説の新たな臨界点。

西　加奈子著　**白いしるし**

好きすぎて、怖いくらいの恋に落ちた。でも彼は私だけのものにはならなくて……ひりつく記憶を引きずり出す、超全身恋愛小説。

小野不由美著

魔性の子
―十二国記―

孤立する少年の周りで相次ぐ事故は、何かの前ぶれなのか。更なる惨劇の果てに明かされるものとは――「十二国記」への戦慄の序章。

小野不由美著

月の影 影の海（上・下）
―十二国記―

平凡な女子高生の日々は、見知らぬ異界へと連れ去られ一変した。苦難の旅を経て「生」への信念が迸る、シリーズ本編の幕開け。

小野不由美著

東京異聞

人魂売りに首遣い、さらには闇御前に火炎魔人、魑魅魍魎が跋扈する帝都・東京。夜闇で起こる奇怪な事件を妖しく描く伝奇ミステリ。

小野不由美著

屍鬼（一～五）

「村は死によって包囲されている」。一人、また一人、相次ぐ葬送。殺人か、疫病か、それとも……。超弩級の恐怖が音もなく忍び寄る。

上橋菜穂子著

狐笛のかなた

野間児童文芸賞受賞

不思議な力を持つ少女・小夜と、霊狐・野火。森陰屋敷に閉じ込められた少年・小春丸をめぐり、孤独で健気な二人の愛が燃え上がる。

上橋菜穂子著

精霊の守り人

野間児童文芸新人賞受賞
産経児童出版文化賞受賞

精霊に卵を産み付けられた皇子チャグム。女用心棒バルサは、体を張って皇子を守る。数多くの受賞歴を誇る、痛快で新しい冒険物語。

新潮文庫最新刊

宮部みゆき著
ソロモンの偽証
―第Ⅱ部　決意―
（上・下）

あたしたちで裁判をやろう――。クラスメイトの死の真相を知るため、藤野涼子は中学三年生有志での「学校内裁判」開廷を決意する。

垣根涼介著
永遠のディーバ
―君たちに明日はない4―

リストラ請負人、真介は「働く意味」を問う。CA、元バンドマン、ファミレス店長に証券OB、そしてあなたへ。人気お仕事小説第4弾！

北原亞以子著
あした　慶次郎縁側日記

手柄を重ねる若き慶次郎も、泥棒長屋に流れ着いた老婆も、求めたのはほんの小さな幸せだった。江戸の哀歓香り立つ傑作シリーズ。

辻原登著
恋情からくり長屋

国もとの妻は不思議な夢に胸を騒がせ、旦那は遊女に溺れる、そして……。浪花の恋と江戸の情に、粋な企みを隠す極上の時代小説集。

伊東潤著
義烈千秋　天狗党西へ

国を正すべく、清貧の志士たちは決起した。幕府との激戦を重ね、峻烈な山を越えて京を目指すが。幕末最大の悲劇を描く歴史長編。

早見俊著
暴れ日光旅
―大江戸無双七人衆―

一癖も二癖もある六人の仲間とともに、幕府転覆を企む風魔の残党と切支丹に果敢に挑む大道寺菊千代。痛快無比の書下ろし時代小説。

イラスト　田倉トヲル

デザイン　團夢見 imagejack

迷《めい》宮《きゅう》庭《てい》園《えん》

—華術師　宮籠彩人の謎解き—

新潮文庫　し－74－21

平成二十六年十月一日発行

著者　篠《しの》原《はら》美《み》季《き》

発行者　佐藤隆信

発行所　株式会社　新潮社

郵便番号　一六二—八七一一
東京都新宿区矢来町七一
電話　編集部(〇三)三二六六—五四四〇
　　　読者係(〇三)三二六六—五一一一
http://www.shinchosha.co.jp

価格はカバーに表示してあります。

乱丁・落丁本は、ご面倒ですが小社読者係宛ご送付ください。送料小社負担にてお取替えいたします。

印刷・錦明印刷株式会社　製本・錦明印刷株式会社

ISBN978-4-10-180009-7 C0193